鳴響雪松4　Сотворение

共同的創造

目次

1 這一切至今仍然存在！

「弗拉狄米爾，我要告訴你什麼是共同的創造，這樣每個人就能夠回答自己的問題。請先聽我講，然後在書裡描述造物者偉大的創造。請你仔細聽，試著用你的靈魂去體會神聖夢想的渴望。」

說完這些後，阿納絲塔夏不知所措地陷入沉默，一直看著我不講話。或許，她的不知所措是因為感覺到或看到我一臉不相信的樣子，覺得我懷疑她是否真的能描述共同的創造和神。

但老實說，為什麼我和別人不能懷疑？這位狂熱的隱士能天馬行空的東西也夠多了！她拿不出什麼歷史證據，而且就算可以斬釘截鐵地描述過去，也應該是歷史學家或考古學家。聖經和其他宗教經典都談過神，很多書都有提到，只是基於某些原因而對神有不同的詮釋。這難道不是因為沒有人能夠提出有份量的證據嗎？

「有證據，弗拉狄米爾。」阿納絲塔夏突然堅定又激動地回應我沒問出口的問題。

「證據在哪？」

「所有的證據、所有宇宙的真理，都永遠保留在每個人的靈魂之中。錯誤和謊言無法持久且會被靈魂摒棄，所以才有各種不同的理論拋向人類。謊言需要的包裝越來越新，所以才讓人類時常改變社會結構。人類想從中找出遺失的真理，卻是離它越來越遠。」

「但有誰可以證明，又是以什麼方式證明，每個人的靈魂或內在的什麼地方保有真理？如果確實如此，為什麼找不到呢？」

「正好相反，真理每天都努力地呈現在人類眼前。我們四周滿是永恆的生命，而生命的永恆就是真理創造出來的。」

阿納絲塔夏用雙手迅速貼地，沿著草地划過後伸到我面前。

「你看，弗拉狄米爾，或許這能消除你的懷疑。」

我端詳了一下，在向我伸來的手上有幾顆草的種子、一顆小雪松子，還有某種昆蟲在爬。我問她：

「這是什麼意思？像雪松子是代表什麼嗎？」

「弗拉狄米爾，你看。這顆種子雖然還小，但如果種在土裡，就會長出高大的雪松——不是橡樹，不是楓樹，不是玫瑰，只能是雪松。雪松會再產出這樣的種子，和最初的那顆一樣帶著原始起源的所有訊息。如果種子在數百萬年之前或之後碰到土壤，也只有雪松能夠破土而出。在每一顆種子裡，也就是神的完美創造中，造物者都放滿了所有訊息。即使過了數百萬年，造物者的訊息也無法被抹滅。至於屬於最高創造的人類，造物者在創造的那一瞬間，就將一切給了人類。受到偉大夢想啟發的天父，已將所有的真理和未來的成就，全數獻給祂最愛的孩子。」

「那我們最終要如何得到這些真理？是從我們裡面的什麼地方嗎？腎臟、心臟，還是大腦？」

「從感覺。試著用自己的感覺判斷真理，相信自己的感覺，從以金錢為目標的預設跳脫出來。」

「那好，如果妳知道什麼的話，就說出來吧，或許有人可以用感覺理解。像是……神是什麼？科學家能用任何科學公式描述嗎？」

「科學公式？公式會衍生到環繞地球不止一圈，停止後又會有新的公式誕生。神並不小於一切思想能及的事物，祂是蒼天，祂是真空，而且看不見。用理智去瞭解祂是無意義的，你要將地球上的所有公式、宇宙的所有訊息，塞進你靈魂中的小粒子，然後化為感覺，接著讓你的感覺釋放出來。」

「但我要感覺什麼？說得再簡單、具體、清楚一點。」

「神啊，幫幫我！請幫助我單用現代的詞語組合，建立適當的意象。」

「看吧，詞窮了。妳還是先讀一下辭典，裡頭有現代生活中使用的所有詞。」

「有是有，但現代的書沒有先祖用來描述神的字眼。」

「妳是指古斯拉夫文嗎？」

「更早。在古斯拉夫字母發明以前，人類就有方法向後代傳遞思想了。」

「阿納絲塔夏，妳在說什麼？大家都知道，正規書寫體是源自兩名正教傳教士，他們叫什麼來著……我忘了。」

「你想講的大概是西里爾和美多德吧？」

「對，要知道是他們發明了字母。」

「說得更精確點，是他們改變了我們祖爺爺和祖奶奶的書寫方式。」

「怎麼改變的？」

「下令改變的，為的是要永遠抹煞斯拉夫文化、從人類的記憶中刪除任何殘留的原初知識，以及創造全新的文化，讓人民臣服於外來的祭司。」

「這與書寫方式和新的文化有什麼關係？」

「假設現在孩子學的是外文書寫和口說，而且不准他們使用原本的語言，弗拉狄米爾，請告訴我，你的後代要如何知道現在的事情？當一個人被剝奪過往的知識，只要把新的思想講得很重要，就很容易對他灌輸新的思想，他也會任由你隨便描述他先祖的事情。語言消失時，文化也會隨之而去，背後的算計就是如此。但有此目的的人並不曉得，真理的幼苗會永遠留在人的心中，誰也看不見，只要一滴純淨的露水就能成長茁壯。注意觀察，弗拉狄米爾，請你接受我說的話、感受背後的意義。」

阿納絲塔夏一下用緩慢的速度講話，一下飛快地說完整段話，一下突然沉默，思考片刻後又像是憑空擠出一連串我們不熟悉的句子。她說的話有時會參雜一些我沒聽過的字，但每當她說出意思模糊的詞時，她彷彿都會顫動一下，換成正確或比較好理解的詞。她在提到神時，好像都想試著證明什麼：

「大家都知道人是按照神的形象創造的，但是是指哪一方面？你身上有什麼神的特徵？你有想過這點嗎？」

「沒想過，沒有機會去想，不如妳直接告訴我吧。」

「當人忙碌一整天後睡著時，當不再感受到自己放鬆的身體時，部分的無形能量群——第二個『我』——就會離開身體。對這些能量而言，此刻不再有任何俗世的界線，沒有時間和距離。你的意識在剎那間克服了宇宙的任何限制，你的感覺群體會感受過去或未來的事件，加以分析後與現今比較，然後開始做夢。這證明了人不是只靠肉體感受浩瀚的宇宙，他那神賦予的思想正在創造。只有人的思想可以創造其他世界，或者改變已經創造出來的事物。

「人有時會在睡夢中因驚嚇而大叫。脫離俗世紛擾的感覺群體，因為過去或未來的事件而受到驚嚇。

「人有時會在睡夢中創造，他們的創造或快或慢地試圖化為地球上的形體。至於是化為醜陋的形體，還是綻放著和諧之氣，這一部分或完全是取決於靈感在創造中的參與程度、創造瞬間對所有面向考量的準確和精細程度，以及靈感對神聖的『我』的強化程度。

「全宇宙只有神和神的兒子——也就是人——天生具有創造的能力。

「神的思想是一切的起源，祂的夢想化為有生命的物質。人在行動之前，會先有想法和夢想。

「全地球的人都有一樣的創造機會，只是人人使用的方式不同。人類在此享有絕對的自由，是有自由的！

「現在請你告訴我，弗拉狄米爾，神的孩子現在都有什麼樣的夢想？就以你、你的親朋好友為例好了，他們都把自己具創造力的夢想拿來做什麼？你都拿來做什麼？」

「我嗎？嗯……還要問做什麼嗎？就和每個人一樣，我盡可能地賺錢，讓生活穩定。我買了車，而且不只一輛。我還有其他很多生活必需品，像是不錯的家具。」

「就這樣？你把神賦予你天生且具創造力的夢想都用在這些地方？」

「大家都是這樣用的。」

「怎麼用的？」

「用在錢上啊！沒有錢怎麼生活？舉例來說，有錢才能穿得正常、吃得更好、可以購物、買東西喝。一切都理所當然，妳怎麼還問我『用在哪裡？』。」

「為了吃，為了喝……。弗拉狄米爾，你要明白，這些在一開始就給了所有人，而且豐饒無缺。」

「給了所有人？可是這後來都到哪了？」

「你覺得呢，到哪了？」

「嗯，我覺得那些原始的衣服早就破爛磨損了，最早的食物也在很久以前被所有人吃光了。現在時代已經不同，有不一樣的服飾流行，對食物的口味也變了。」

「弗拉狄米爾，神給孩子的是永恆不朽的衣服、永不枯竭的食物資源。」

「妳說的一切現在都在哪？」

「到現在都還留著，都還存在。」

「那就告訴我在哪裡，要如何找到至今仍保留如此多資源的神祕地方？」

「只要用感覺去觀察，你會找到的。只有透過感覺，才能瞭解神聖夢想中創造的本質。」

2 創造之初

「想像當初還沒有地球的時候，物質尚未反射宇宙的光線，但宇宙已經和現在一樣充滿眾多不同的能量。具生命能量的元素在黑暗中思考，也在黑暗中創造。它們不需要外來的光線，而是自身為自己綻放光芒。每個元素裡什麼都有，包括思想、感覺和渴望的能量，但彼此之間各不相同。在每個元素裡，都有一種能量凌駕其他所有能量。像現在一樣，全宇宙中有破壞的元素，也有創造生命的元素，其他元素有很多不同的層次，類似人類的感覺。這些宇宙元素彼此無法溝通。每個元素內的眾多能量動作有時遲緩，有時卻突然風馳電掣。內部一創造出什麼，就會當場自我毀滅。它們的脈動不會改變宇宙，誰也看不到。每個元素都認為自己在空間中是唯一的個體，單獨的一個！

「它們不清楚自己的使命，無法創造出永垂不朽的創作，所以也沒有滿足感。因此，在這個沒有時間和邊際的空間裡，一直都有脈動存在，但從未有動作遍及全體。

「突然間，有個『溝通』如脈動般觸及了所有元素！同時碰觸到萬物，整個浩瀚的宇宙。在眾多有生命的能量群之中，突然有個能量群照亮其他的能量群。這個能量群是新還是舊，無法用一般的言語形容；它是從真空中出現，還是從火花而來，這些所有想像得到的，也不重要。這個能量群像極了人類！活在現代的人！它與人的第二個『我』類似——不是物質層面的『我』，而是神聖永恆的『我』。渴望的能量及其有生命的夢想，第一次輕輕地碰觸宇宙中的所有元素。它熱切地將一切感受化為動作，宇宙中第一次出現溝通的聲音。如果將這些最初的聲音轉為現代的語言，我們就能感受問題和回答的意義。在浩瀚的宇宙中，四面八方都對祂提出同樣的問題：

『祢這麼熱切，是在渴望什麼？』所有元素問。

對自己夢想深具自信的祂回答：

『共同的創造及其深思帶給萬物的快樂。』

『什麼可以帶給萬物快樂？』

『誕生！』

『誕生什麼？大家都自給自足這麼久了。』

『包含所有粒子在內的誕生！』

『破壞和創造的一切元素怎麼可能合而為一？』

『相對的能量要先在體內平衡！』

『有誰做得到？』

『我。』

『可是還有懷疑的能量，懷疑會找上祢、破壞祢，各種不同的能量會將祢化為塵埃。要在單一個體中忍受相對的能量是不可能的。』

『可是也有自信的能量。只要自信和懷疑平衡，就能促成精準和美麗，成就未來的創造。』

『祢怎麼稱呼祢自己？』

『我是神，我可以接收你們所有能量的粒子。我會堅持！我會創造！創造將為全宇宙帶來快樂！』

「宇宙四面八方的所有元素，同時將自己大量的能量釋放給祂。每個元素都試圖凌駕其他元素，好讓自己在新的地方成為最崇高的一個。

「因此，全宇宙的能量開始了一場大規模的爭鬥。這場爭鬥的規模，沒有時間或測量方式可以描述。一直到所有元素明白一件事後，宇宙才得以回復平靜，那就是沒有任何元素能比其中一種宇宙的能量高等或強大——神聖夢想的能量。

「神擁有夢想的能量，祂可以在自己體內察覺一切，平衡及安撫一切後開始創造。祂依然在體內創造。祂依然在體內創造未來的創作，用一種無法定義的速度關注每一個細節，思索每個創造與萬物的關聯。祂獨自完成一切，獨自在浩瀚的宇宙黑暗中創造，獨自在體內加速所有宇宙能量的動作。所有元素都不知道成果會如何，所以覺得害怕而離得遠遠的。造物者身處的環境成了真空，而這個真空不斷地擴大。

「這時出現了足以致命的酷寒，四周瀰漫著恐懼與陌生的氛圍，而祂已經獨自看到美麗的晨曦，聽到鳥兒的歌唱，聞到花兒的芬芳。祂透過自己殷切的夢想，獨自創造出美麗的創作。」

『停下來！』別的元素說，『祢是在真空裡，祢會爆炸的！祢怎麼能把能量留在體內？沒有東西可以幫祢壓縮，這樣下去一定會爆炸的。不過如果祢還有一點時間，就停下來吧！把自己創造的能量靜靜地釋放。』

「而祂回答：

『我的夢想！我不會背叛我的夢想！我會為此繼續壓縮並加速自己的能量。我的夢想！我在自己的夢想裡，看到螞蟻在花草間奔走、天上英勇的老鷹在教孩子飛翔。』

「神用自己未知的能量，加速體內全宇宙能量的動作。靈感在祂的靈魂內濃縮成一個粒子。

「突然間，祂感到一陣碰觸，有股不明的能量從四面八方燃燒祂，隨即又退到遠方溫暖祂，為祂灌注某種新的力量。原本真空的一切突然出現光芒。當欣喜若狂的神溫和地提問：

『你是誰？這是什麼能量？』

宇宙間傳出一個新的聲音，祂聽到如樂音般的回答：

『我是愛與靈感的能量。』

『我的體內有你的粒子，它有能力獨自抑制藐視、仇恨和憤怒的能量。』

『祢是神。祢的能量──祢靈魂的夢想──能使萬物和睦融洽。如果我的粒子曾幫助過祢，就請祢聽我說吧。神啊，祢可以幫我的。』

『你想要什麼？為什麼你要用自己所有的火焰力量碰觸我呢？』

『我瞭解到自己是愛，我不能只是一顆粒子……我想把一切獻給祢的靈魂。我知道祢不想要破壞善惡的和諧，所以不會把我完全融入祢的體內。但我要讓自己充滿祢周遭的真空，溫暖祢體內與四周的一切，讓宇宙的寒冷及黑暗無法碰觸祢。』

『發生了什麼事？怎麼了？你的光芒越來越強了！』

『不是我自己辦到的，是祢的能量！祢的靈魂！只是透過我反射而已。反射的光線照回了祢的無形世界。』

「神受到愛的啟發，急切又渴望地大喊：

『一切正在加速，一切都在我體內奔放。噢！多麼美好的靈感啊！讓我的創造夢想在明亮的愛中實現吧！』」

3 你的首度出現

「地球！這顆耀眼的星球出現了，它是全宇宙的核心、萬物的中心！地球！突然，它四周冒出了星星、太陽和月亮。地球發出無形的創造光線，並透過這些星球進行反射。

「宇宙中首度出現全新的存在層面！這個物質層面散發著光芒。

「在地球出現以前，沒有任何人和東西擁有看得見的物質。地球和宇宙萬物接觸，但本身仍是獨立的個體。

「地球是自給自足的創造，處處生長的、水裡游的、天上飛的，都不會死亡或消失。甚至腐敗物附近仍會出現蒼蠅，也有另一種生命以蒼蠅為食。萬物融為一個美好的生命。

「宇宙的所有元素又驚又喜地看向地球。地球可以和萬物接觸，他者卻無法接觸地球。

「神體內的靈感開始迸發。在光線中、在充滿愛的真空裡，神聖的元素開始改變自己的輪廓、形體，最後化為現代人的外形。

「神的思想不受速度和時間的限制，思想在受到啟發後靈光一閃，超越所有永無止境的思想能量，並進行創造！其中還留有一個看不見的創造。

「這道靈光突然間燃燒起來，愛的能量彷彿受到新的熱能刺激而蠢蠢欲動。神欣喜若狂地大喊：

『你看，宇宙，你看！是我的兒子！人類！他就站在地球上，他成了實體！他體內擁有宇宙所有能量的粒子，他活在存在的所有層面。他的形象與我類似，體內擁有你們所有能量的粒子，所以請你們愛護他！疼愛他！

『我的兒子會為所有存在帶來喜悅。他是創造！他是新生！他是所有的一切！他會創造新的創作，反覆地重生，直到永遠。

『當他一個人的時候、當他繁衍後代的時候，他會散發無形的光線，並把光線合為一體，他將主宰宇宙。他將為萬物帶來生命的喜悅。我把一切都給了他，未來還會把所有思想獻給他。』

「你就是這樣第一次獨自站在美麗的地球上。」阿納絲塔夏說完了這段故事。

「妳是說誰？我嗎？」

「就是你，弗拉狄米爾，還有那些會接觸到這段文字的人。」

「阿納絲塔夏，這怎麼可能？這之間毫無關聯啊！妳說的地方只有一個人可以站，怎麼可能容得下所有讀者？聖經裡也說過，一開始只有一個人，他叫做亞當，而且妳剛也說了，神只創造了一個人。」

「你說的都對，弗拉狄米爾。但是你看，我們所有人都源自於他，他的粒子和他體內保留的訊息，都已注入地球上出生的其他所有人。如果你的思想意志能夠拋棄每天無謂的煩惱，就可以體會小小粒子中所有保留至今的感受。這個粒子一直都在，而且什麼都記得。它現在就在你的體內，以及在地球上生活的每一個人心中。請你讓它顯露出來，感受自己眼前的景象。正在閱讀這段文字的你，也請感受人類旅程的原點吧。」

「哇！所以說，今天那裡——那個地球上——活著的所有人，從一開始就在了嗎？」

「對，但不是那個地球，而是我們這個，只是那時地球的模樣和現在不同。」

「有沒有一個詞可以同時稱呼我們所有人？」

「你比較習慣『亞當』這個名字吧？那我就用這個名字，但你要想像我說的是你，每個人都要把這個名字想成自己。我會用幾句話讓你們比較好想像。」

「好的，請妳幫我們。不知為何，我還是很難想像自己在那個時期的樣子。」

「為了讓你更明白，請想像自己在春夏之交走入一座花園，然後在那裡看到秋天的果實。花園裡的生物都是你第一次看到，一切都是如此新鮮又完美，讓你沒有辦法一眼看完。但試著記得，亞當，當你第一次看到花朵時，你把眼光停留在花上，一株很小的花上。

「矢車菊藍的花瓣很光滑且佈滿紋路，還微微散發著光芒，似乎是反射天空的光線。身為亞當的你坐在花的旁邊，欣賞著這樣的創造。花的外觀不停地變化，無論你看多久都是如此。一陣微風吹動它纖細的莖、愛撫著它。花瓣在陽光下搖曳，變換光的反射角度，改變自己柔和的中間色。花瓣一會兒在風中舞動，一會兒像打招呼似地對人擺動，一會兒彷彿在指揮你心中揚起的樂章。花兒散發的淡淡芬芳想要擁抱你、擁抱人。

「亞當這時突然聽到強而有力的嘶吼，他站起身來轉向聲音的來源。遠方有一隻碩大的公獅和母獅，公獅正在向四周宣告自己的到來。

「亞當開始看著牠美麗又強壯的身軀，以及濃密的鬃毛。公獅也看向亞當，同時跨出豪邁的步伐奔向人類，母獅則緊追在後。亞當欣賞起牠們強壯的肌肉動作。兩頭野獸在離亞當三公尺遠的地方停下，亞當用溫柔的眼神看著牠們，散發出快樂的氣息。受到眼神愛撫的公獅幸福地趴在地上，母獅也輕輕地趴在一旁不動，不想破壞人類向牠們散發的溫暖又善意的光線。

「亞當用手指梳理公獅的鬃毛，端詳牠強壯的爪子並伸手去摸。亞當也摸了摸牠白色的獠牙，還跟著牠幸福的呼嚕聲笑了起來。」

「阿納絲塔夏，人類當初是發出什麼光線，獅子竟然沒有把他生吞活剝？為什麼現在沒有這種光線？沒有人可以發光。」

「弗拉狄米爾，你難道沒有發覺現在還是有很大的差異嗎？人類的注視能透過緩慢的思考，區分地球上的萬物：小草、野獸和石頭。人類的注視充滿神祕難解的力量，能夠愛撫萬物，又能讓一切生物籠罩在具破壞力的寒冷之中。就以你自己為例好了，你有沒有曾經因為別人的注視而感到溫暖？或者，你曾因為某種眼神而感到內心不快嗎？」

「基本上有，我偶爾會覺得有人在看我，有時是很愉悅的，有時卻不是那麼友善。」

「你看吧，這就表示你知道，愛撫的注視能在你的心中產生愉悅的溫暖感受，而另一種注視會帶來破壞、帶來寒意。不過，人類最初的注視比現在強了許多。造物者如此創造，就是為了讓所有的生命都渴望被這種注視溫暖。」

「人類注視的力量現在都消失到哪裡去了？」

「沒有都消失，還保留下不少，只是空虛表淺的思想、思考速度的改變、對本質的誤解，以及因懶散而墮落的意識，遮蔽了這種目光，所以人類受萬物期待的能力無法嶄現出來。每個人的內在其實都存有靈魂的溫暖。啊，要是這可以在所有人的心中釋放就好了！這樣現實世界就能變成一座美好的原始花園。」

「所有人？像當初亞當那樣嗎？這真的有可能嗎？」

「一切都可以實現，人類的思想就是希望能將萬物融為一體。亞當當時一人的思想力量，等同於現在全人類的力量。」

「噢！所以獅子才會怕他囉？」

「獅子不是怕人，而是臣服於善意的光線。所有生物都希望能認識這種善意，而這只有人類創造得出來。因此，所有生物——不只是在地球上——都準備好將人類視為朋友、兄弟、神。父母總是設法將所有最好的能力傳給孩子，只有父母會真心希望孩子的能力超越自己。造物者將自己在靈感迸發時力求的一切，全給了自己的兒子——人類。如果人人都能明白神是完美的，就讓每一個人感受父母的用意，感受身為父母的神希望自己最愛的孩子——

人類——能成為什麼樣子，以及祂是如何不害怕承擔責任，是如何承諾永遠不拋棄自己的創造，並說了這段流傳數百萬年至今的話：『他是我的孩子——人類。他是我的形象！我的化身！』」

「妳是說神希望自己的兒子、自己的創造——也就是人類——能比自己強大？」

「天下父母的願望都能證明這點。」

「所以亞當在第一天就印證了神的夢想？他在遇到獅子後還做了什麼？」

「亞當努力地認識所有生物，決定每種生物的名稱和使命。他有時很快就能完成，有時則要思考很久。例如，他在第二天傍晚前試著替雷龍決定使命，卻怎麼樣也想不出來，因此雷龍就消失在地球上了。」

「為什麼消失了？」

「因為人類無法決定牠的使命。」

「雷龍——是那個比大象大好幾倍的生物嗎？」

「對，牠們比大象龐大，翅膀小、脖子長、頭部小，嘴巴可以噴火。」

「就像童話故事那樣，像童話中的戈里尼奇三頭龍也會噴火，但這只是童話，不是真的。」

「童話有時是以寓言的形式描述過去的事實，但有時說的也是準確如實的。」

「真的嗎？但這種怪物是由什麼組成的？動物怎麼能從嘴巴噴出火來？還是火也是一種寓意？像是噴出仇恨之類的？」

「大雷龍是好的，並不邪惡。牠的體型是為了減輕體重。」

「體型這麼大，是要怎麼減輕體重？」

「像氣球裡面比空氣輕的氣體越多，氣球就會越輕。」

「這和雷龍有什麼關係？牠又不是氣球。」

「雷龍就像是有生命的大氣球，牠的骨架很輕，內臟很小。體內就像氣球，空的地方隨時充滿比空氣還輕的天然氣。牠只要輕輕一跳、揮動翅膀，就能飛一小段距離。當體內天然氣太多時，牠會透過嘴巴排出。露出的燧石形獠牙會因為摩擦而產生火花，使腹腔排出的天然氣燃燒起來，接著從嘴巴噴出火焰。」

「原來如此！等等，是什麼讓牠的體內隨時充滿天然氣的？」

「我跟你說，弗拉狄米爾。天然氣是在體內消化食物時自行產生的。」

「這不可能！只有地底深處才有天然氣。我們從地下取得天然氣，然後裝入瓦斯罐裡，或是透過管線送到瓦斯爐、送到廚房。但妳說是從食物來的，有這麼簡單？！」

「對，就是這麼簡單。」

「我不信有這麼簡單，我不覺得有人會相信妳。妳說的一切都很可疑，大家不只會懷疑雷龍，還有妳說的其他東西。我不會把這寫進書裡的。」

「弗拉狄米爾，你覺得我會搞錯、會說謊嗎？」

「嗯，說不說謊我不知道，但妳搞錯天然氣這點是不會錯的。」

「我沒有搞錯。」

「那就證明給我看。」

「弗拉狄米爾，你和別人的胃現在也會產生一樣的氣體。」

「不可能。」

「你自己可以證明。你在氣體從體內排出時，拿東西點燃一下。」

「從我體內？從哪裡？要在哪裡點燃？」

阿納絲塔夏大笑起來，邊笑邊回答：

「你真像是個小孩。你自己想想吧，這是個很親密的實驗呢。」

我後來偶爾會想起天然氣的事情，這怎麼會如此糾纏我呢？在與阿納絲塔夏見面回來後，我最後決定做這個實驗。真的燒起來了！這讓我想起她所說的話，也開始對亞當──或說是我們──原始的日子產生濃烈的興趣。我不知為何地認為，我們好像忘記把那時候的某些東西帶到現代來，或許只有我忘記了。無論如何，等我描述完人類第一天的後續，再讓大家自行判斷吧。阿納絲塔夏是這樣描述的……

4 第一天

「亞當對一切都感到興趣：每一株小草、奇妙的昆蟲、天上的小鳥，還有水。他第一次見到小溪時，就一直欣賞著清澈流動的溪水在陽光下閃閃發光，彷彿在裡頭看見了生命的多元。亞當把手伸進水中，溪流立刻將他的手包圍，愛撫他手上每一吋肌膚的皺褶，將他拉向自己。他一潛入水中，身體就變輕了起來。發出潺潺水聲的溪流撐起他的重量，撫摸他的全身。他用手掌捧起水來往上一灑，開心地看著陽光在每顆水滴中嬉戲的樣子，接著水滴再掉回溪流。亞當帶著愉悅的心情喝下溪水，他欣賞著溪流、沉思、再泡澡，直到日落。」

「等等，阿納絲塔夏。妳剛說亞當喝了水，但他一整天有吃任何東西嗎？他吃了哪些食物？」

「他周圍有許多不同口味的果實、漿果，還有可以吃的小草，但亞當在一開始幾天都不覺得餓，空氣就讓他很飽足了。」

「空氣？可是吃空氣又不會飽，甚至有個俗語是這樣講的。」

「現代人呼吸的空氣的確不能吃。現在的空氣已經沒有生命，對人體和靈魂還經常有害。你剛說的俗語是『吃空氣是不會飽的』，但還有另一句俗語是『我只以空氣為食』，這一句才符合人類最初的情形。亞當在最美麗的花園裡誕生，四周的空氣中沒有任何有害的灰塵。當時的空氣有飄揚的花粉，還有最純淨的露水。」

「花粉？哪種花粉？」

「有花和草的粉，有從樹木和果實飄落的粉，有些就在附近，有些則經由風從遠處帶來。當時的人不會因為食物取得的問題分心，而無法進行偉大的任務，周遭的一切會透過空氣餵食人類。造物者從一開始就是這樣設計，讓地球上的所有生物在愛的流動中為人服務，且空氣、水和風都能滋養生命。」

「妳說得對，現在的空氣的確非常不好，但人類發明了空調，可以清除空氣中的有害粒子，另外還有販售瓶裝礦泉水，所以對多數不窮的人而言，空氣和水的問題都能解決。」

「唉，弗拉狄米爾，空調不能解決問題，它可以擋住有害的粒子，卻會讓空氣更沒有生命。密封的瓶裝水因為密封而死去，只能拿來滋養肉體中老舊的細胞。如果要重獲新生、讓肉體的細胞不斷再生，就需要有生命的空氣和水。」

5 問題證明了生命的完美

「這些亞當都有嗎？」

「當然有！所以他的思考速度才這麼快，可以在很短的時間內決定萬物的使命，一百一十八年彷彿一天般飛逝。」

「一百一十八年，亞當自己一個人活到這麼老？」

「亞當——第一位人類——就這樣獨自地生活，對任何事物都充滿興趣。一百一十八年並未讓他衰老，他仍然是精力充沛。」

「一百一十八歲算老了，甚至可以說是長壽，這年紀通常會體弱多病。」

「那是現在，弗拉狄米爾，以前並沒有疾病困擾著人類。肉體的每一個細胞都活得比較久，但如果有細胞耗盡能量、註定死去，這時就會有充滿能量的新細胞馬上取代舊的細胞。

只要人的靈或靈魂[1]希望自己的肉體存活多久，肉體就能存活多久。」

「難道現代人都不希望自己活得久一點嗎？」

「現代人每一秒的所作所為都在縮短自己的壽命，而且『死亡』也是人自己想出來的。」

「什麼叫『想出來的』？死亡本來就是必然的，無法由意志控制。」

「當你抽菸喝酒時、當你前往空氣充滿惡臭煙霧的城市時、當你食用沒有生命的食物時、當你讓自己被仇恨吞噬時，請告訴我，弗拉狄米爾，如果不是你自己，那會是誰把你帶往死亡的？」

「現在大家都是這樣生活。」

「人有自由，每一個人都可以打造自己的生活，在每分每秒當中決定自己的壽命。」

「所以說，當時在那座天堂裡，完全沒有任何問題嗎？」

「一旦有問題，就會以不帶任何傷害的方式解決。而且，這些問題正巧證明了生命的完美。」

---

1 本書在дух（spirit）和душа（soul）兩者並列時，分別譯為「靈」和「靈魂」（或單譯為「魂」）。

6 初次見面

「一百一十八歲的某一天，亞當跟著日出醒來後，並沒有因為春天而感到喜悅，也沒有如往常般起身迎接陽光。

「他的上頭有隻夜鶯在樹叢中高歌，亞當卻轉過身去，不理會牠的歌聲。

「他眼前的空間充滿著春天隱約的顫動，潺潺的溪水聲呼喊著亞當，天上的燕子也在喧鬧著。雲朵構成一幅幅千姿百態的景色，花草樹木努力以最輕柔的芬芳擁抱他。噢，看看神當時創造的奇景呀！在世間這等秀麗的創造中、蔚藍的天空底下，祂的人類兒子卻是滿面愁容。祂最愛的孩子情緒低落，一點都不開心。對關愛子女的父親而言，還有什麼比這更難過的嗎？

「在創造的一百一十八年後，沉寂許久的眾多神聖能量忽然開始動作，這讓整個宇宙停住不動。這種前所未見的加速在愛的能量光暈中閃耀，這下所有生命都明白了，原來是神想出了新的創造。可是，上次在靈感極限中創造後，如今還能創造出什麼嗎？沒有人曉得，而神的思考速度已經加快。愛的能量對祂低聲地說：

『祢又讓一切進入了靈感的動作，祢的能量正在燃燒宇宙的空間。祢在這樣的狂熱之中，難道不會爆炸、燒到自己嗎？祢要去哪裡？祢在努力什麼？我已經不再因為祢而閃耀。我的神啊，祢看，我因為祢而燃燒，把星球變成了星星。停下來！祢已經創造出所有最好的了！祢兒子的悲傷會消失的。停下來，我的神啊！』

「神沒有聽到愛的懇求，也不理會宇宙元素的訕笑。祂就像充滿熱忱的年輕雕刻家，繼續加速所有能量的動作。突然間，一幅前所未有的美麗晨曦在浩瀚的宇宙中展開，讓所有元素驚訝不已。神自己也欣喜萬分地低語：

『你看，宇宙！你看！我的女兒就站在地球上的創造物之間，她所有的特徵是多麼完美、多麼美麗呀！她一定能和我的兒子匹配，沒有創造可以比她更完美了。她有我的形象並與我相似，她還擁有你們的所有粒子，所以請你們疼愛她，愛護她！

『她和他！我的兒子和女兒會為萬物帶來快樂！在所有存在層面中打造美好的宇宙世界！』

「在充滿歡樂的這一天，少女越過山丘，走過被露水洗滌的草地，在陽光中走向亞當。她走路優雅、體態姣好、身姿柔媚，肌膚在神聖的晨曦中散發光澤。她越走越近、越走越近，終於她出現了！她走到躺在草地上的亞當面前。

「微風拂過她的金色髮絲，讓她的額頭露了出來。宇宙這時驚訝地屏住呼吸。哇！多麼美麗的面容啊！神啊，是祢的創造！

「躺在草地上的亞當只看了站在一旁的少女一眼，輕輕打了個呵欠之後，就轉過身去，閉上眼睛。

「接著，宇宙的所有元素聽到亞當是這樣描述神的新創造——不，不是說出來，而是在心裡無精打采地說：『來了呀，又是某種創造來了。沒有任何新意，只是長得像我罷了。馬的膝關節都比她更靈活結實，豹的毛皮也更有光澤、更賞心悅目。她甚至還是不請自來，我今天還想給螞蟻新的使命呢。』

「夏娃在亞當身旁站了一會兒，隨後走到溪邊的水窪。她在岸邊的灌木叢旁坐了下來，看著自己在平靜溪水中的倒影。

「宇宙的元素開始竊竊私語，它們的想法融為了一個聲音：『兩個完美之身無法欣賞彼此，神的創造並不完美呀。』

「在宇宙的閒言閒語之中，只有愛的能量試圖保護造物者，用自己的光芒圍繞著神。大家都知道，愛的能量經常不按牌理出牌，無形且沉默的它總是徘徊在無邊無際的未知空間中，但它現在為什麼毫無保留地在神的周圍發出光芒？它毫不理會宇宙間的嘀咕，一心只想用自己的光芒提供溫暖及安慰：

『偉大的造物者，祢可以歇會兒再開導祢的兒子，祢一定可以修正自己的任何美好創造。』

「宇宙聽到接下來的這段回應，才從中明白了神的智慧與偉大：

『我的兒子是以我的形象創造而成，而且與我相似。他的體內擁有宇宙所有能量的粒子，他是阿爾法，也是奧米伽[2]。他是創造！他是未來的實現！無論是現在或未來，我和任何人都不能無視他的意志，而去改變他的命運。他想要的一切，他都會得到，他想到的都不會徒勞無功。我的兒子沒有因為看到少女完美的肉體而崇拜她。他沒有因為她而驚訝，這讓全宇宙感到訝異。雖然我的兒子還沒意識到她，但他的感覺已經體會到了。他第一次覺得自己少了什麼，而站在他面前的新創造——少女——也沒有這樣東西。我的兒子！我的兒子會以感覺體會整個宇宙，宇宙擁有的一切他都知道。』

「此時宇宙間充滿了一個問題：

『他都有我們和祢的所有能量了，這樣還能缺少什麼？』

「神回答所有元素：

『愛的能量。』

「愛的能量閃爍了一下：

『但我是唯一的，我是祢的，只為祢綻放光芒。』

『對！我的愛啊，你是唯一的。』宇宙間傳出帶神聖字句的回答，『我的愛啊，你的耀眼光芒可以綻放、可以撫慰。我的愛啊，你是靈感，能使一切加速、激發感受，也可以促進和平。我請求你，毫無保留地降臨在地球上吧，用自己、用偉大的恩澤能量，圍繞在他們——我的孩子——身旁。』

「愛和神的這番道別，就這樣開啟了所有的世間之愛。

---

2 阿爾法（Alpha）和奧米伽（Omega）為希臘字母的首字與尾字，用以指開始與終末。

『我的神啊！』愛呼喚著造物者，『如果我離開，祢就會永遠沒有形體地獨自留在所有的存在層面中，到時誰也看不見祢。』

『就讓我的兒子和女兒照耀著無形、有形和秩序的世界吧。』

『我的神啊，祢將會被真空包圍，不會再有賦予生命的溫暖進入祢的靈魂。如果沒有溫暖，祢的靈魂會受寒的。』

『請讓地球不要只是為我，而是為萬物散發溫暖！我的子女會讓這種溫暖倍增的。整個地球會帶著愛的溫暖在宇宙間發亮。萬物將會感受到地球帶著恩澤的光線，我的所有能量都會因為它而溫暖。』

『我的神啊，在祢的子女面前已經展開許多不同的道路，他們也擁有所有存在層面的能量。但只要有任何能量佔了上風，讓他們誤入歧途，到時早已奉獻一切的祢，如果看到地球散發的能量衰減，看到破壞的能量在地球上凌駕一切，那該怎麼辦？祢的創造會被沒有生命的外殼包覆，祢的草地會四處佈滿石塊，而讓兒子擁有全然自由的祢，到時該怎麼辦？』

『我會在石塊之間，以綠色的小草重新冒出頭；我會在無人踐踏的小小草地上，打開我的花瓣。我在世間的子女便能意識到自己的使命。』

『我的神啊，如果我離開，就不會有人看得見祢，其他能量的元素就有可能忽然透過人類，以祢的名義說話。有些人會設法讓別人臣服於自己，為了自己的利益解讀祢的本質，像是：「我的談話都是為了神，我是神唯一選中的人，所有人都要聽我的！」到時祢該怎麼辦？』

『到了那一天，我會化作黎明升起，陽光將毫無遺漏地愛撫地球上的所有創造，幫助我的子女理解：人人都能透過自己的靈魂和我的靈魂對話。』

『我的神啊，它們數量眾多，而祢只有一個。所有宇宙的元素都渴望抓住人類的靈魂，透過人類的能量建立自己高高在上的地位，祢的兒子會如迷途羔羊般突然膜拜起它們。』

『無論用哪種理由讓人誤入歧途、走上絕路，都會遇到一個主要的阻礙，這將會阻擋攜帶謊言的一切。我的子女會渴望理解真相。謊言必定有限，但真理是無邊無際、獨一無二的。在我子女的靈魂之中，永遠都會有這種意識！』

『我的神啊，沒有任何人或事物能夠抵抗祢那翱翔的思想和夢想，它們是如此美好！我願意追隨它們的腳步，用光芒溫暖祢的孩子，永遠為他們服務。祢恩賜的靈感會幫助他們建立自己的創造。我的神啊，我只有一件事相求，請允許我留一點愛的火苗陪在祢的身旁。

『當祢最後身處黑暗之中，當四周只剩下真空，當出現遺忘且地球的光線開始黯淡，就讓這個火苗——哪怕只是我的一點愛的火苗——為祢發光閃爍吧。』

「噢，弗拉狄米爾！」阿納絲塔夏高喊一聲，「如果現今的人能仰望天空，看看當時地球的上空，在他們眼前出現的，會是一幅多麼壯麗的景象啊！宇宙的光線——愛的能量——濃縮為一顆彗星急切地飛向地球，照耀著路上還沒有生命的星體，點燃地球上空的星星。朝著地球的方向！越來越近，越來越近……到了！愛的能量卻忽然在地球上方停了下來，它的光芒開始顫動。在遠方閃爍的星星之間，出現了一顆比其他還小且有生命的星星。這顆星星跟隨著愛的光芒快速地飛向地球。愛發現原來那是它留給神的最後一點火苗，正往地球的方向前進。

『我的神啊，』愛的光芒輕聲說，『為什麼？我不明白！為什麼？祢連我留在祢身邊的一點火苗都不要嗎？』

「這時已身處黑暗之中、沒人看見、無人理解的神，回答了愛的疑問。宇宙間傳來祂神聖的話語：

『如果留在自己身邊，就沒辦法送給我的子女了。』

『我的神啊！』

『噢，愛！就算只是一點火苗，你仍是這麼地美麗！』

『我的神啊！』

『我的愛啊，加緊腳步，別再躊躇不前了。用你最後的一點火苗加速，溫暖我未來的所有子女。』

「地球的人類被愛的宇宙能量包圍——全部的愛，包括那最後一點的火苗。萬物都置身其中。在浩瀚的宇宙之中，同時存於所有存在層面的人類，就這樣成為所有元素中最強壯的一個。」

7 當愛……

「亞當躺在草地上，四周滿是芬芳的花兒。躺在樹蔭下打盹的他任由思緒流動，可忽然間，有一股帶著不明暖流的回憶湧上心頭，暖意以某種力量加速他的所有思緒：『不久前有個新的創造站在我的面前。它長得跟我很像，但還是不太一樣。是哪裡不一樣？它現在在哪？噢，我真想再看看那個新的創造！想要再看到它，但為什麼我會這樣？』

「亞當從草地上迅速起身，看了看四周，接著腦中迸現一個想法：『剛發生了什麼事？雖然還是那片天空，鳥兒、小草、樹木和灌木叢也都一樣，但就是有什麼變了，我看出去都不一樣！地球上的所有生物、氣味、空氣和光線都變得更美好了。』

「接著亞當冒出一句話，對著萬物大喊：『我用愛回應你們！』

「這時從小溪的方向有一股新的暖意，立刻將他的全身包圍。他轉身迎向這股暖意，發現眼前出現了那個亮麗的新創造。他頓時失去思考邏輯，整個心都沉浸在他眼前的景象：小溪的水窪旁靜靜坐著一位女孩，她撥開自己金色的秀髮，看的卻不是清澈的溪水，而是注視著亞當。她以笑容愛撫著亞當，彷彿已經盼望他一輩子了。

「亞當向她走近。當兩人看著彼此時，亞當心想：『沒有人的眼睛能比她美！』接著大聲開口說：『妳就坐在水邊，水很舒服的，妳想和我一起泡澡嗎？』

『想。』

『那妳想聽我介紹一些創造嗎？』

『想。』

『我賦予它們各自的使命，我會讓它們也為妳服務。妳想和我一起創造新的創作嗎？』

『想。』

「他們先是在溪中泡澡，後來又在草地上奔跑。亞當爬上一隻大象後，為她開心地跳舞。啊，她的笑容真是令人著迷。亞當稱呼她為夏娃！

「快要日落時，兩人站在壯麗的世間萬物之中，享受它們的色彩、氣味和聲音。夏娃安靜而溫順地看著太陽下山，花瓣縮回成花苞。白天美麗的景色從眼前消失，進入了黑暗。

『妳別難過。』已經對自己有信心的亞當說，『現在是夜晚的黑暗降臨。夜晚是我們需要的，可以讓我們休息，但無論夜晚多長，白天一定會再回來。』
『會和今天一樣？還是會有新的一天？』夏娃問。
『妳想它怎麼回來，它就怎麼回來。』
『每一天是誰在支配？』
『我。』
『那你是誰在支配？』
『沒有人。』
『你是從哪裡來的？』
『我來自夢想。』
『那周遭這賞心悅目的一切是從哪裡來的？』
『也是來自夢想，是為我而生的創造。』
『是誰的夢想這麼美好？那個誰又在哪裡？』
『祂經常在我們身邊，只是肉眼看不到祂，但能與祂同在還是很棒。祂將自己稱為神，說是我的父親、我的朋友。祂從來不打擾我，還給了我一切。我也想給祂點什麼，但還不知道要給什麼。』

『也就是說，我也是祂的創造，那我也要和你一樣感謝祂，將祂稱為朋友、神和我的父親。或許我們可以一起想想，父親希望我們做什麼事。』

『我聽過祂說，我們可以為萬物帶來快樂。』

『萬物？所以也包括祂囉？』

『是的，也包括祂。』

『請你告訴我，祂的願望是什麼？』

『共同的創造和祂的深思帶來的快樂。』

『什麼能將快樂帶給萬物？』

『誕生。』

『誕生？所有美好的東西都已經有了。』

『我常常會在睡前想著與眾不同又美好的創造，但在早上醒來、開始思考之前，又會看到萬物在陽光下已經如此美好了。』

『讓我們一起思考吧。』

『我也希望睡前有妳在身旁，聽妳的呼吸聲，感受妳的體溫，一起思考如何創造。』

「兩人在睡前感受到對方的柔情，思想在美好的創造夢想中交融，志向合而為一。兩人的真實肉體也反映出他們的思想……。」

8 誕生

「日夜更迭，在某一天的日出時分，當亞當盯著小老虎思考時，夏娃默默地走近並在他的身旁坐下。她將亞當的手放在自己的肚子上。

『感受一下這裡，我的肚子裡有我的創造，這同時也是新的創造。亞當，你感受到了嗎？我的創造在不安分地亂動呢。』

『感受到了，我覺得他想要伸到我這裡。』

『你嗎？那當然了！他不只是我的，也是你的！我很想看看我們的創造。』

「夏娃生產時沒有痛苦，反而是驚喜萬分。

「亞當心急地看著並顫抖著，四周的一切似乎消失了，他甚至沒有意識到自己。夏娃生出一個新的共同創造。

「全身濕透的小小身子無助地躺在草地上，雙腿蜷曲著，眼睛還沒張開。亞當目不轉睛地看著他晃動小手、張開嘴巴呼氣。亞當不敢眨眼，深怕錯過任何一點小動作。一股不明的感受充滿他的全身和四周，讓他再也無法待在原地。他忽然跳起來開始奔跑。

「他興高采烈地沿著溪邊漫無目的地狂奔。他停了下來，胸中有股不明卻美好的東西在擴大、在成長，還有周遭的萬物……風兒不再只是讓樹葉沙沙作響，而是拂過樹葉和花瓣歌唱著；雲兒不再只是在空中飄浮，而是全部一起跳著迷人的舞蹈。閃閃發光的水露出笑顏，迅速地流著。哇！小溪！溪水映照著雲朵，在眼前形成新的彎曲。鳥兒在天上開心地叫著！草地上也有熱鬧的窸窣聲響！一切融為磅礴又柔美的聲音，形成宇宙中最美麗的樂章。

「亞當吸了一大口氣，接著突然放聲大喊。他的叫聲異於尋常，不是野獸般的嘶吼，而是輕柔無比的聲音。四周萬籟俱寂，宇宙第一次聽到人類站在地球上開心地高歌！人類在唱歌！銀河中先前發出聲音的萬物都靜了下來，因為人類在唱歌！在聽到這幸福的歌聲後，整個宇宙世界明白了一點：銀河中沒有任何一條弦，能夠發出比人類靈魂之歌更好的聲音了。

「不過，興奮的歌聲仍無法沖淡他內心滿溢的感受。他在看到一隻公獅後，衝了過去將牠撲倒，把牠當作小貓，一邊笑著，一邊梳弄牠的鬃毛。他隨後跳起來示意公獅跟上，自己便往前奔跑。公獅幾乎跟不上亞當的速度，帶著幼獅的母獅更是落在後頭。亞當跑得比誰都快，一路上不停揮手示意所有的動物跟上。他相信他的創造能為萬物帶來快樂。

「他又回到那個小小的身子旁──他的創造！那個母狼舔過、暖風撫過、有生命的小小身子！

「小嬰兒還沒張眼，在睡覺呢！所有跟著亞當跑來的動物，都開心地趴在他的面前。

『太棒了！』亞當雀躍地大叫，『我的創造發出和我類似的光線，但如果在我身上發生了這等非比尋常的事，他的光線或許還比我強烈。所有動物都開心地在他的面前低下身子，這就是我要的！我成功了！我創造出來了！我創造出有生命的美好創作了！大家快來看看他！』

「亞當環顧四周，接著突然將目光放在夏娃身上。

「她獨自坐在草地上，些微疲憊的雙眼柔情地看向突然盯著她不講話的亞當。

「亞當內心和四周的愛獲得全新的力量，綻放出一陣無形的喜悅。接著忽然間……噢，看看那宇宙的愛是如何顫動的啊！就在亞當猛然奔向初為人母的美麗少女時；就在他屈膝跪在夏娃的面前，撫摸她金色的頭髮、嘴唇和充滿母奶的乳房時；就在他把所有的驚喜化為輕柔的細語，試著對她訴說自己的雀躍之情時：

『夏娃！我的夏娃！我的女人！妳有能力讓夢想成真了嗎？！』

「她用著有點疲憊但溫柔的聲音輕輕回答：

『對，我是女人，是你的女人。你能想出來的一切，我們都能實現！』

『對！一起！我們兩個一起！我現在明白了！我們在一起！我們就像祂一樣！我們能夠實現夢想！祢看！祢有聽見我們的聲音嗎？父親。』

「但是，歷來第一次，亞當沒有聽到任何回應，驚訝的他跳起來大喊：

『祢在哪？我的父親。看看我的創造！祢在世間的動物都如此完美、稀奇，一切都這麼美好：樹木、小草、灌木叢和雲朵。但是有比花的紋路還美的，祢看！我的創造帶給我的快樂，比祢透過夢想創造的一切還多。祢怎麼不講話？祢不想看看他嗎？可是他是萬物之中最棒的呀！在我心中，我的創造是萬物中最好的。祢怎麼了？祢不要看看他嗎？』

「亞當看著小嬰兒，在他甦醒過來的小小身子上方，空氣比平常還藍，沒有風吹的騷動，只有彷彿有一無形的人，將花的細枝彎向嬰兒的嘴唇，三顆花粉輕輕地落在他的嘴唇上。小嬰兒他抿了抿嘴唇，幸福地吐了一口氣，動一動手腳，然後又睡著了。亞當覺得在他歡天喜地時，神同時也在關心孩子，所以才沒有說話。

「亞當大喊：

『這表示祢有幫忙！也就是祢都在旁邊，見證這個創造嗎？』

「亞當聽到父親輕聲的回答：

『亞當，別這麼大聲，太興奮會吵醒孩子的。』

『這表示父親祢和我一樣愛我的創造囉？還是祢比我更愛他？如果是的話，為什麼？解釋給我聽！畢竟他不是祢的創造。』

『我的兒子啊，愛會延續，在這個新的創造中就有你愛的延續。』

『祢是說，我同時在這裡，也在他的裡面嗎？這也表示夏娃也在他的裡面囉？』

『是的，我的兒子。你們的創造在各方面都與你們類似，不是只有肉體而已。在他的體內，靈和魂結合在一起，新的創造因此誕生。你們的志向會延續下去，快樂的感受會增強數倍。』

『所以說，我們會變得很多人囉？』

『你會充滿整個地球，你會透過感受去瞭解一切，而且你的夢想會在其他銀河中創造更美好的世界。』

『宇宙的盡頭在哪裡？要是我到了盡頭，那該怎麼辦？我什麼時候能填滿一切，將我的思想創造出來？』

『我的兒子，宇宙本身就是思想，從思想再生出夢想，而部分的夢想是看得到的實體。當你遇到一切的盡頭，你的思想就會找到新的開始而延續下去。到時將會無中生有，出現你的全新又美好的誕生，反映你的志向、靈魂和夢想。我的兒子，你是無限，你是永恆，在你裡頭，是你具創造力的夢想。』

『父親，每次能聽到祢說話真好。當祢在身旁時，我總是想擁抱祢，可是我卻看不見祢，為什麼？』

『我的兒子，當我將宇宙的能量放入關於你的夢想時，我沒有時間想到我自己。我的夢想和思考只創造了你，沒有為我創造看得見的形體，但是你可以看見我的創造。去感受它們，不要分析它們，全宇宙沒有誰可以單用理智去分析它們。』

『父親，聽到祢說話真好，祢就在我的身旁，萬物都在我身旁。當我身處宇宙的另一個盡頭時，當我的靈魂存有懷疑或不解時，告訴我，我該怎麼找到祢？到時候祢會在哪裡？』

『我會在你裡面、在你身旁。一切都在你的裡面，我的兒子。你是所有宇宙能量的主宰。我在你的體內平衡了宇宙所有的對立面，讓你成為全新的創造。別讓任何對立控制了你。如果真的發生了，我還是會在你的裡面。』

『在我的裡面？』

『在你的裡面和你的身旁。你的創造裡有你和夏娃，而你的裡面有我的粒子，所以你的創造裡也會有我。』

『我是祢的兒子，那對祢而言，新的創造會是什麼？』

『也是你。』

『祢會比較愛誰？現在的我，還是反覆誕生的我？』

『愛是唯一的。在每個新的體現和夢想中，都會有越來越多的希望。』

『父親，祢真是睿智，我好想擁抱祢！』

『看看四周，這些看得見的創造，都是我的思想和夢想的體現。在物質的存在層面中，你隨時都能和它們溝通。』

『我愛它們，就像愛祢一樣，父親。我也愛夏娃和我的新創造。四處都是愛，我要永遠在愛中。』

『我的兒子，只有在愛的空間裡，你才能萬世長存。』

「年復一年……如果要這樣說的話，雖然時間只是種相對的概念。年復一年……但何必計算年份呢？這麼久以來，人類始終不知道何謂死亡。換句話說，死亡在當時是不存在的。」

9 無法讓人飽足的蘋果

「阿納絲塔夏，但是如果剛開始的一切都這麼美好，那後來又發生了什麼事呢？為什麼現在世界上有戰爭和饑荒？還有竊盜、幫派、自殺和監獄，到處都有不幸的家庭和孤兒。充滿愛的夏娃到哪去了？說好讓我們永遠活在愛裡的神又在何方？我還記得聖經提到：是因為人類從樹上摘下禁果，品嚐了之後，就被神趕出了天堂。神還在入口處安排守衛，不讓犯下錯誤的人類重返天堂。」

「弗拉狄米爾，神並沒有把人類趕出天堂。」

「不對，我讀到的明明是這樣。祂還詛咒人類，對著夏娃說她是罪人，說她在生產時會承受痛苦，而亞當必須汗流浹背才能獲得食物。這就是目前我們現實生活中的情況。」

「弗拉狄米爾，你自己想想看，這種邏輯——或說根本就沒有邏輯——或許是為了有利於某些人，背後是有意圖的？」

「這與邏輯或誰的意圖有何相關？」

「請相信我。每個人都必須去學習如何用自己的靈魂來看待事情、判斷事實。唯有自己思考，才會知道神並沒有把人類趕出天堂。神到現在還是關愛世人的父親。身為神的祂是『愛』，你自己也讀過這點。」

「是啊，讀過。」

「那這背後有何邏輯？畢竟，慈愛的父母不可能會把孩子趕出家門。慈愛的父母寧願自己受苦，也會原諒孩子的任何過錯，所以神不會不管人類孩子的所有苦難。」

「管不管我是不知道！不過，每個人都知道祂可是完全沒有反對。」

「噢，你在說什麼啊？弗拉狄米爾。祂當然也會承受人類兒子的痛苦，但人類到底有多不理解天父呢？感受不到也看不到祂的愛？」

「妳怎麼突然有這種感受？說得具體一點，現在神對我們的愛，到底顯現在何處？在哪一方面？」

「當你在城市時，仔細觀察四周。美妙無比的草地曾經是有生命力的地毯，如今卻被鋪上沒有生命的瀝青；周遭盡是有害的水泥所建起被稱為『家』的龐然大物；穿梭其中的車輛排放著致命的氣體。然而，在這些水泥巨獸之中，花草只要找到一丁點方寸之地，就能從中冒出神的創造。祂透過葉子的窸窣聲、鳥兒的鳴叫聲，不斷呼喊著自己的兒女，好讓他們意識到現況，期盼他們能重返天堂。

「地球散發的愛的光線越來越少，太陽的反射也在很久以前便減弱了，可是祂仍用自己的能量，不辭辛勞地加強陽光的生命力。祂還是一樣愛著自己的兒女，祂相信著、等待著、夢想著，總有一天黎明會升起，人類會突然明白，自己的意識會把原初的繁榮還給地球。」

「但地球上的一切為何會與神的夢想不同？而且這還持續了不知幾千年或幾百萬年之久。怎麼有辦法等待、相信這麼長的時間？」

「對神而言，時間是不存在的。就像慈愛的父母一樣，祂從來沒有失去信念。也多虧了祂的信念，我們才能存活至今。我們自己創造生命，享有天父賦予的自由。然而，人類不是一下子就選擇了哪裡都到不了的道路。」

「如果不是一下子，那又是何時？怎麼選擇的？『亞當的蘋果』又是什麼意思？」

「當時和現在一樣，宇宙中充滿了大量具有生命力的能量，四處都有看不見卻具生命力的元素，其中有很多與人的第二個『我』類似。它們幾乎和人類一樣，能夠擴及到所有的存在層面，卻無法體現於物質層面，而這就是人類超越它們的地方。此外，在宇宙元素的能量群之中，一直都有一個能量凌駕其他所有能量之上，但是它們沒有能力改變能量之間的均衡關係。

「在宇宙的元素之中，還有與神類似的能量群。它們只是像神，但並不是神。它們能在一瞬間平衡自身的眾多能量，卻無法像神一樣在和諧之中創造有生命的創作。

「全宇宙誰也找不出答案，揭開最深層的秘密，回答物質層面是透過何種力量創造而成，以及將物質層面和全宇宙元素連結起來的線究竟在哪裡。又是什麼因素，讓這個層面得以自我再生？

「當神創造地球與世間萬物時，前所未見的創造速度讓元素不明白，神究竟是用什麼力量創造世界的。當一切創造成形，當它們看到人類是萬物中最有力量的時，許多元素對這樣美好的景象，最初都感到又驚又喜，隨之產生仿效的欲望，想要創造一樣但屬於自己的創作。這樣的欲望不斷增長，直到現在還留在許多存在物的能量之中。它們曾試圖在別的銀河、別的世界中創造類似地球的創作，甚至還利用神創造的星球。許多元素雖然成功地創造出類似地球上的存在物，但僅止於類似而已。誰也無法達到地球的和諧，以及萬物之間的相互關係。所以到了現在，宇宙中雖然有星球存在生命，但只是一些畫虎成犬的生命而已。

「在多次嘗試——不只是想創造更好的，還要能複製下去——都徒勞無功後（神自己並未洩漏天機），許多元素開始轉向人類。它們清楚知道，如果人是神的創造，如果人為神所愛，那麼慈愛的天父不可能對人有所保留，而是會給自己的人類兒子最大的機會。因此，宇宙的元素開始轉向人類，到了今天也不例外。現在就有一些人宣稱，宇宙某處有個無形的東西會和他們說話，還自稱為理智、好的力量。以前，在最一開始的時候就是這樣，它們一下勸告人類，一下要求人類。所有問題的核心都一樣，只是外表的偽裝不同：『人類，告訴我們，地球和世間萬物是以什麼方式、什麼力量創造出來的？又是如何將你創造成如此強大？』

「然而，人類沒有給予任何回答，因為他自己也不知道答案，到現在也不知道。可是人類卻對此萌生興趣，開始要求神回答這些問題。神沒有立刻回答，而是試著說之以理，請人類拋棄這種問題：

『我的兒子啊，我懇求你繼續創造，你可以在遼闊的地球及其他的世界中創造，你所想的都能透過夢想實現。我只求你一件事，不要去分析這所有的一切是用什麼力量完成的。』」

「阿納絲塔夏，我不明白，為什麼神連自己的人類兒子，都不想透露創造的方法？」
「我只能用猜的，神之所以連自己兒子都不說，是為了保護他免於災難、避免宇宙大戰。」
「我看不出來，不回答和宇宙大戰之間有什麼關聯。」
「如果洩漏了創造的秘密，那麼在一些星球及其他宇宙中，就會出現力量與地球上存在物相當的生命。兩股力量會想測試彼此，這或許會是和平的競爭，但也有可能會類似地球上的戰爭，成為宇宙大戰的導火線。」
「說得也是，神的創造方法還是別說好了，別讓任何元素取得提示，從中得到答案。」
「我認為沒有任何元素會知道答案。」
「為何妳這麼肯定？」
「這是再清楚不過的秘密了。其實根本沒有祕密可言，但同時祕密也不只一個。我這麼肯定，是因為只要在『創造』上再加上一個詞，就可以解釋了。」
「哪一個詞？」
「靈感。」

「什麼？兩個詞放在一起，有什麼意思？」

「這兩個詞……」

「不！等等！別說！我記得妳曾經講過，思想——也就是話語——不會憑空消失，而是會在我們周圍的空間盤旋，每個人都聽得到，是這樣嗎？」

「對。」

「所以元素也聽得到？」

「對。」

「那就應該別講，何必要給它們提示呢？」

「弗拉狄米爾，別擔心，稍微透露一下秘密，或許我能藉此讓它們知道，自己的窮追不捨是不會有結果且毫無意義的，讓它們有所體悟而不會再騷擾人類。」

「如果是這樣，那跟我說『創造』和『靈感』是什麼意思。」

「『創造』是指，神在創造時，是利用所有宇宙能量的粒子加上自己的能量，所以即使元素為了複製地球而全部聚集起來，也會缺少一種能量——神與生俱來的思想能量，而這只有在神聖的夢想中才會出現。『靈感』則是指，創造是在一陣靈感之中完成的。像雕刻家這種在靈感迸發時創作的傑出藝術家，有誰會在事後試圖說明自己當時是怎麼拿著筆刷、在想什麼、站在哪裡的？他們全神貫注時，根本不會注意到這些。除此之外，還有神送給地球的愛的能量。這種能量是自由的、不會臣服於誰，只對神忠誠，只為人類服務。」

「這太有趣了，阿納絲塔夏！妳覺得元素聽得到妳剛剛說的，而且可以明白嗎？」

「它們聽得到，也可以明白。」

「那我說的，它們也聽得到囉？」

「是的。」

「那我再總結一次：嘿，元素們！你們現在清楚了吧？不要再對人類糾纏不清了，你們摸不透造物者的想法！如何？阿納絲塔夏，我講得好嗎？」

「你最後一句講得很對：『你們摸不透造物者的想法！』」

「它們這樣試圖尋找答案多久了？」

「從它們看見地球和人類之後，一直到今天。」

「它們的意圖是如何對亞當或我們造成傷害？」

「它們喚醒亞當和夏娃的高傲與自負，用虛假的理論說服他們：『為了創造更完美的存在，必須破壞現有的存在，觀察目前創造的運作方式。』它們反覆地說：『瞭解所有一切的構造後，你就能在萬物之上。』它們盤算著，只要亞當開始拆解神的創造，明白其中的結構和用途，就能用理智瞭解所有創造之間的關聯，屆時它們就可以看見亞當產生的想法，從中得知如何像神一樣創造。

「亞當一開始並未理會這些建議和要求，但夏娃有一天決定建議亞當：『我聽到有聲音跟我說，只要我們明白萬物內部的結構，所有的一切就會變得更美好、更簡單。何必堅持反對這種說法呢？姑且相信一次，難道不好嗎？』

「亞當先從結著美麗果實的樹上拔下一根樹枝，後來……後來……就像你現在看到的，人類的創造思維停止了。人類直到今天還是不斷地拆解破壞，試圖瞭解所有一切的構造，利用當下就已停止的思想進行粗陋的創造。」

「阿納絲塔夏，等一下。我不完全明白，為什麼妳認為人類的思想停止了？人在拆解分析時，是在學習新知啊。」

「弗拉狄米爾，人類自創造以來就不需分析任何東西。人類的體內……要怎麼說才能讓你更明白？人類的體內保有萬物的結構，而且彷彿經過編碼。只要人類將自己具創造力的夢想投入靈感，就能解開其中的密碼。」

「但我還是不懂，拆解到底有什麼壞處？為什麼會讓思想中止？妳最好舉例說明。」

「你說得對，我來試著想個例子。想像一下，例如你在開車前往目的地時，突然想看看引擎怎麼運轉、輪胎怎麼轉動，於是你停下車子，開始拆解引擎。」

「我在拆解後就會知道裡面有什麼，之後就有辦法自己修理。這有什麼不好？」

「可是你在拆解的同時，你也停下了腳步，無法準時到達目的地。」

「但我可以更瞭解車子，獲得新知有什麼不好？」

「為什麼需要這種知識？你的使命不是修理，而是享受活動與創造。」

「阿納絲塔夏，妳這樣沒有說服力，不會有任何駕駛認同的。嗯……大概只有開日系或賓士這種國外最新車款的人才會認同吧，因為他們的車很少故障。」

「神的創造不僅不會故障，還有自我修復的能力，這樣為何還需要拆解呢？」

「什麼『為何』？！就是感興趣啊。」

「對不起，弗拉狄米爾，如果剛剛的例子不好，我再舉另一個例子。」

「說吧！」

「一位美麗的女人站在你的面前，你對她燃起了愛慕之情，非常欣賞她。對方也投以回應，想與你在創造中結合。然而，就在雙方結合、創造的這股動力的前一刻，你突然想要分析女人是由什麼組成，她的內臟如何運作？胃、肝和腎有什麼機能？她都吃什麼、喝什麼？這些在親密的時候會如何運作？」

「好了，別再說了。妳舉的例子很好，因為這樣就不會有親密，也無法創造。一旦這種惡劣的想法出現，就沒有辦法繼續下去。我有一次也這樣，當時愛上了一個女人，很久了，她都不肯接受我。有一次她答應了，我就開始思考該如何表現得更好，卻不知為何懷疑起自己的能力，搞到最後一事無成，讓我覺得既羞愧又害怕。我後來問了一位朋友，發現他也有一樣的經歷，我們甚至去看了醫生。醫生告訴我們，那是心理因素作祟，我們不應該心生懷疑，去追根究柢。我認為不少男性都曾為此苦惱，現在我懂了：都是因為那些元素、因為亞當、因為夏娃的建議。沒錯，他們當時的確做錯了。」

「為什麼你只怪亞當和夏娃？你看看現在，弗拉狄米爾，全人類不也頑固地重蹈覆轍，違背神的旨意嗎？亞當和夏娃當時是不曉得後果，可是為什麼現代人還是執意地繼續拆解萬物？破壞活生生的創造？現在仍是如此！後果都已如此明顯、令人難過了……。」

「我不知道，或許大家需要當頭棒喝一番？難道我們已經身陷這樣不斷拆解的循環了嗎？我剛有個想法，可惜神沒有好好懲罰亞當和夏娃，神真應該要往他的後腦勺拍下去，把他的愚昧打出腦外，這樣人類現在就不會受苦了。至於夏娃，也要往她的弱點好好抽打，她就不會給出這樣的建議。」

「弗拉狄米爾，神給了人類完全的自由，祂從來沒想過要懲罰他們。況且，在思想中完成的事情，是懲罰也改變不了的。除非改變最初的念頭，否則不對的行為只會一直重複。舉例來說，告訴我，你覺得那些致命的導彈和附加的核彈頭是誰發明的？」

「在俄國，火箭是由科羅廖夫院士建造的，但齊奧爾科夫斯基在他之前就已提過相關的理論。美國的科學家也曾試過。總之，有很多人都在動腦研究火箭製造，世界各國都有很多發明家。」

「弗拉狄米爾，其實所有導彈和附加致命武器的發明家只有一個。」

「怎麼可能只有一個？世界各國的科學機構都在研究火箭製造，他們還不讓彼此知道自己的成果。軍備競賽就是這樣來的，比誰能早一步製造出更好的武器。」

「這個唯一的發明家，喜歡把提示告訴所有自稱科學家、發明家的人，無論他們在哪一國。」

「這個發明家住在哪個國家？叫什麼名字？」

「它叫『破壞的思維』。它先是滲入一個人，佔據他的肉體，做出長矛和石矛頭，然後又做出弓箭和鐵製箭頭。」

「但是如果這個破壞的思維無所不知，為什麼不一開始就製造導彈呢？」

「地球上存在物的物質層面沒辦法將想法立刻實現。造物者給了物質『緩慢』的特性，讓人類有時間思考。在這種破壞的思維中，早就做出了長矛、現代武器，還有未來殺傷力更強的武器。為了在地球的物質層面中實現比長矛更強的武器，必須建造大量的工廠和實驗室。這些現在都被稱為科學，利用看似合理的藉口，吸引更多的人去實現致命的思想。」

「但為什麼要這樣？為何如此堅持？」

「為了證明自己，為了摧毀地球的整個物質層面，為了向全宇宙展現，自己破壞一切的元素能量，要比萬物和神優越。而且，它是透過人類的行動去實踐的。」

「這個可惡又卑鄙的傢伙！我們要怎麼把它從地球上趕出去？」

10 應避免與它有親密關係

「別讓它滲透你的思想，所有女人都應該避免與抱有破壞思維的男人有親密關係，別讓它一而再、再而三地重生。」

「哎呀！如果所有女人都這樣有志一同，那些在軍事、科學領域的人會發瘋的。」

「弗拉狄米爾，如果女人都開始這樣做，世上就不會再有戰爭。」

「妳說得真對！阿納絲塔夏，妳真是狠狠打擊了所有的戰爭。妳說得對，妳的點子可以消除所有戰爭。的確，要是沒有女人想在戰後與男人共枕眠，或替他生小孩，哪還會有男人想要戰爭呢？任何發起戰爭的男人，最終只會落得自我毀滅和絕子絕孫的下場。」

「如果所有女人都這樣做，就不會再有人發起戰爭。夏娃在自己和神面前的墮落，會經由活在今日的女性而獲得恕罪。」

「以後的地球會變成什麼樣子？」

「地球會開出原始的花朵，再次活躍起來。」

「妳真是堅持，阿納絲塔夏，還是這麼相信自己的夢想。可是妳也很天真，怎麼能相信世上的所有女人呢？」

「弗拉狄米爾，如果知道現在活在世上的每個女人都擁有神聖的本質，我怎麼能不相信女人呢？讓這樣的本質在它所有的美麗之中綻放吧，女神們！神聖地球上的女人！在妳們的心中放開自己神聖的本質，向全宇宙展現妳們的原初之美。妳們是完美的創造，妳們是從神聖的夢想創造而成的。妳們每個人都有能力馴服宇宙的能量。啊，女人啊，妳們是全宇宙和地球的女神！」

「阿納絲塔夏，妳怎麼會說世上所有的女人都是女神？妳的天真開始讓我覺得好笑了。妳想想看，她們全部……都是女神？包括那些站在商店和攤販櫃檯後面的也是？清潔工、洗碗工和服務生，以及整天待在家裡廚房燒菜煮飯、洗碗的女人，難道也算是女神？總之，妳有點在褻瀆了，怎麼可能連毒犯和妓女都可稱為女神？嗯，教堂裡……或舞會上跳舞的美女，才會有人將她們稱為女神。可是那些衣衫襤褸的女人，沒有人會叫她們女神。」

「弗拉狄米爾，世間的女神是被現代社會的環境逼著每天待在廚房。你曾說我像一隻過著原始生活的野獸，只有你住的世界才稱得上文明。那為什麼在你的文明中，女人都把大半的時間花在狹小的廚房裡、被迫擦地板、到商店拖著大包小包回來？你以自己的文明為傲，但為什麼有這麼多的齷齪？為什麼你的文明會把世間最漂亮的女神變成清潔工？」

「妳有看過任何清潔工是女神的嗎？有本事的女人會在選美大賽上綻放光彩、享受奢華，讓所有男人都想娶進門，但是她們只想嫁入豪門。至於衣衫襤褸的女人，就連窮人也不要。」

「每個女人都有自己獨特的美，卻不是都有機會顯露出來。這種高尚的美是無法像腰圍那樣測量的。腿長、胸圍、眼睛顏色都不重要。這種美在女人的內在，年輕的女孩和年老的婦女都有。」

「很好，連年老的婦女都有……接下來妳會跟我說，拿養老金的老太太也有！妳覺得她們也算是美麗的女神？」

「她們也都有自己獨特的美。儘管在每天的生活中不斷遭遇屈辱、飽受命運的摧殘，任何被視為老太太的女人，還是能在早上與太陽一起醒來，走過露水，帶著如光芒般的意識對著升起的太陽微笑，然後……」

「然後呢？」

「然後讓人突然愛上她。會有人愛她，她也會回饋他愛的溫暖。」

「他是誰？」

「她唯一的男人，將她視為女神的男人。」

「這不可能。」

「有可能，你自己去問問老人，就會發現他們有多少狂熱的羅曼史。」

「妳確定女人可以改變世界嗎？」

「當然能！這點無庸置疑，弗拉狄米爾。只要她們改變愛的優先順序，身為神的完美創造的她們，會讓地球回到最初的美麗樣貌，將整個地球化為神聖夢想的繽紛花園。她們是神的創造！神聖地球的美麗女神！」

11 三個祈禱

「既然妳說到了神，阿納絲塔夏，那妳是怎麼祈禱的？還是完全不祈禱？很多人在信中都請我問這個問題。」

「弗拉狄米爾，你說的『祈禱』是什麼意思？」

「什麼？妳難道不知道嗎？祈禱……就是祈禱啊！妳不知道這個詞的意思嗎？」

「大家對同一個詞的理解都不同，所以感受到的意思會因人而異。為了讓我接下來能講得更清楚些，我才會問，你是怎麼理解祈禱的。」

「我沒有真正想過祈禱的意義，但我還記得一段主要的祈禱詞，有時為了保險起見，還會唸出來。那一定有它的意思，畢竟很多人都會唸。」

「所以呢？你只記得祈禱詞，卻不想知道它的意義嗎？」

「不是不想知道，只是沒想過它的意思。我覺得大家都很清楚，所以想這個要做什麼？

祈禱就像和神對話啊！」

「但如果你說，主要的祈禱詞是在和神對話，那告訴我，要怎麼跟神——你的父親——說話，卻不帶任何意義？」

「我不知道。為什麼妳老是在這個問題打轉！寫祈禱詞的人一定知道有什麼意思。」

「可是難道你不想親自和天父說話嗎？」

「當然想，每個人都想親自和天父說話。」

「但如果你想『親自』和祂說話，怎麼可以說著別人的話，而且還不知道背後的意義？」

阿納絲塔夏想知道我背誦的祈禱詞有何意思，這樣的追根究柢起初讓我覺得有點煩，但之後我也開始對祈禱詞背後的意義感到好奇，因為腦中突然出現了這個想法：「怎麼會這樣？我把祈禱詞背了下來，還反覆唸過好幾次，卻幾乎沒有想過那是什麼意思。知道意思的話應該會很有趣，畢竟我都背下來了。」所以我告訴阿納絲塔夏：

「嗯，好吧，我會找時間好好想的。」

但她回答：

「為什麼要『找時間』？難道你在此時此刻唸不出來嗎？」

「怎麼會不行？我當然唸得出來。」

「弗拉狄米爾，那就把你剛才說的，用來與神溝通的主要祈禱詞唸出來吧。」

「我只知道一個，因為大家似乎都說那是最重要的，所以我就記下來了。」

「沒關係，你就唸出祈禱詞，我會跟著你的想法。」

「好的，聽好了。」

我對阿納絲塔夏唸了《主禱文》。如果你們還記得的話，《主禱文》是這樣的：

我們在天上的父，
願祢的名被尊為聖，
願祢的國來臨，
願祢的旨意承行於地，如於天。
我們的日用糧，求祢今天賜給我們；
寬免我們的罪債，猶如我們寬免虧負我們的人；
不要讓我們陷入誘惑，

但救我們脫離那邪惡者。

因為聖父、聖子、聖靈的國度、能力、榮耀，

都是祢的，直到永遠。

阿們。

唸完之後，我望向阿納絲塔夏。她低著頭不看我，和我一樣不說話。她臉上帶著難過的表情，就這樣坐著一句話也不說，直到我忍不住問她：

「妳為什麼不說話，阿納絲塔夏？」

她頭也不抬地回答我：

「你希望我說什麼，弗拉狄米爾？」

「什麼意思？我完全沒有停頓地把祈禱詞唸出來了，妳喜歡嗎？妳可以說些什麼啊，可是妳一句話都不說。」

「弗拉狄米爾，當你在唸祈禱詞時，我曾試著跟著你的想法、感受，以及這段溝通的意思。祈禱的文字我都聽得懂，但你並沒有瞭解所有的字。你才剛有一點想法，倏然便消逝，

而且完全沒有感情。很多字的意思你都不懂，也沒有說話的對象，只是在喃喃自語。」

「我還是像大家一樣唸出來了。我去過教堂，那裡所用的深奧詞彙甚至更多。我聽過別人是怎麼唸的，他們都唸得像是順口溜，一下就唸完了。但我剛剛唸得很慢、很清楚，好讓妳可以理解。」

「可是你剛剛才說，祈禱詞是用來和神溝通的。」

「是啊，我說過。」

「但神是我們的父親，祂是個體，是有生命的實體。如果與祂正常對話，祂是能夠感受得到並瞭解的，但是你……」

「我怎麼了？我說過了，大家都是這樣與神溝通的。」

「你想像一下，如果你的女兒波琳娜在你面前，突然用單調的語氣講話，說出一連串連她自己都不懂的詞，身為父親的你，會喜歡女兒這樣的溝通嗎？」

我腦中清楚浮現這樣的畫面，當下覺得糟透了。女兒站在我的面前，像瘋子一樣口中唸唸有詞，不知道自己想說什麼。所以我決定了：不行，我要弄懂祈禱詞的意思，不能只是沒有意義地覆誦，不然在神的面前，我會像個發瘋的蠢蛋。就讓別人繼續這樣唸，我可是要弄懂這個祈禱詞。反正遇到不懂的字，哪裡找一下翻譯就行了。但為什麼教會要用這種難以理解的語言？

我開口問阿納絲塔夏：

「妳知道嗎，這裡的翻譯大概不完整又不精確，所以我才會像妳說得那樣，迷失了自己的想法。」

「弗拉狄米爾，透過這個翻譯版本，還是可以瞭解意思。當然，裡面有一些日常生活中早已不用的詞彙，但只要好好思考，找出你覺得最重要的地方，以及最能讓天父開心的部分，意思就會變得很清楚。當你向天父唸出祈禱詞時，你想要的是什麼？」

「嗯……我唸的內容大概就是我想要的吧。我希望祂能賜給我日用糧、寬免我的罪債、不要讓我陷入誘惑、救我脫離那邪惡者。祈禱裡都說得很清楚了。」

「弗拉狄米爾，神在祂的子女出生前，就將所有的糧食給了他們。你看看四周，所有的一切在很久以前就給了你。慈愛的父母不需要別人要求，就會寬恕所有人的罪過，而且從來沒想過要讓人陷入誘惑，天父給了所有人不屈從於騙人計謀的能力。天父在很久以前就做到了，為什麼你要用自己的無知讓祂受委屈呢？你的周圍都是祂永恆的禮物。一個給了孩子一切的慈愛父親，你還能要求祂給你什麼呢？」
「可是如果有祂沒有給的東西呢？」
「祂已經盡了全力，從一開始就將全部給了自己的子女，全部！毫無保留！像父親那樣不顧一切地愛著子女的祂，想不到有什麼事情能比孩子快樂生活還令祂開心的了！祂希望自己的兒子和女兒快樂！
「告訴我，弗拉狄米爾，如果父親從一開始就將全部給了孩子，卻看到孩子在他的面前不斷要求：『更多，我們要更多！請保護我們、拯救我們！我們都很無助，我們都很沒用。』這時父親會有什麼感受呢？請回答我，身為父親的你，或是你的朋友，會想要有這種孩子嗎？」
「我現在沒辦法立刻給妳答案，等我靜下來之後，我再好好思考。」
「好，當然沒問題，弗拉狄米爾。如果你有時間，也請你想一想，除了你的要求之外，天父希望從你這邊聽到什麼。」
「什麼？神也希望從我們這邊得到什麼嗎？祂想聽什麼？」
「就是每個父母都想從孩子口中聽到的。」

「阿納絲塔夏，告訴我，妳自己有沒有對神祈禱過？」

「有。」她回答。

「那就唸妳的祈禱詞給我聽吧。」

「弗拉狄米爾，我不能唸給你聽，我的祈禱是對神的。」

「那就對神吧，我在旁邊聽。」

阿納絲塔夏站起身來，張開雙臂、背對著我，然後開始說話。雖然只是一般的祈禱詞彙，但……我的內心好像突然顫抖了起來。她祈禱的方式和我們不一樣，彷彿是在對要好的朋友、愛人或親人講話。她的祈禱帶有真實對話的各種語調，熱情、開心和狂喜都有，似乎阿納絲塔夏熱情傾訴的對象就在她的身邊：

我無所不在的父親啊！

謝謝祢的生命之光，

謝謝祢的現實國度，

謝謝祢充滿愛的意願。願美好長存！

謝謝祢的每日糧食！
也謝謝祢的耐心，
還有祢寬恕地球上的罪惡。
我無所不在的父親啊！
我是在祢的創造之中的女兒。
我不會讓罪惡與懦弱有機可趁，
我不會辜負祢的成就。

我無所不在的父親啊！
我是祢的女兒，要讓祢開心的女兒。
我要用自己讓祢感到榮耀，
未來的世代都將活在祢的夢想裡。
就是要如此！這是我心之所向！我是祢的女兒，
我無所不在的父親。

阿納絲塔夏安靜下來，但仍持續和四周的一切溝通。她的周遭似乎散發著光芒。當她在我身旁說出祈禱時，周圍出現了看不見的東西。這個看不見的東西觸及到我，不是碰觸我的身體，而是觸及了我的內心。頓時，讓我感到美好、鎮定，但當阿納絲塔夏遠離時，這種感覺又不見了。我在她走遠時，跟在後頭說：

「妳祈禱的樣子就好像有人在妳的面前，可以回應妳的祈禱一般。」

阿納絲塔夏轉過身來，臉上帶著喜悅的表情。她張開雙臂，一邊笑一邊轉圈，然後嚴肅地看著我的眼睛說：

「弗拉狄米爾，神——我們的父親——也會帶著請求和每個人說話，祂會回應每個祈禱。」

「但為什麼沒有人瞭解祂說的話？」

「祂說的話？雖然地球上個個民族都有很多意思不同的詞彙，還有這麼多的語言和方言，但有一個語言是大家共有的，就是神召喚世人的語言。它是由葉子的沙沙聲、鳥叫聲、海浪聲交織而成。神聖的語言也有氣味和顏色，祂透過這樣的語言，回應每個請求，以祈禱般的方式回應每個祈禱。」

「那妳可以把祂對我們說的話翻譯成文字嗎？」

「大概可以。」

「為什麼是大概？」

「我們的語言遠不及神對我們說的話。」

「但還是盡妳所能吧。」

阿納絲塔夏看著我，然後突然把雙手伸出來，而她的聲音……她的聲音從胸口發了出來……

我的兒子！我親愛的兒子啊！
我等了你好久，但我仍在等待。
一分如一年，一瞬間如一世紀，
我仍在等待。
我把一切給了你，整個地球都是你的。
你擁有完全的自由，你選擇自己的路。
我的兒子，我親愛的兒子，我只懇求你，
我懇求你要過得幸福。

你看不見我。
你聽不到我。
你的理智中存有懷疑與悲傷。
你正轉身離開，但要去哪裡呢？
你到處尋找，是為了什麼呢？
你又對誰低了頭？
我將雙手伸向你。
我的兒子，我親愛的兒子，
我懇求你要過得幸福。
你又要離開，但你的路哪裡都到不了。
在這條路上，地球終將爆炸。
你擁有完全的自由，而世界終將爆炸，
炸毀你的命運。
你擁有完全的自由，但是我仍然存在，

我會用最後一株小草將你重生，
世界將再度綻放光芒，
我只懇求你要過得幸福。
聖人滿臉愁容，
他們用地獄和審判使你害怕。
他們告訴你，我會進行審判，
但我只祈求有這麼一天，
有這麼一天我們再度相聚。
我相信你會回來，
我知道你會來。
我會再度擁抱你。
不是繼父！不是！我是你的！
我是你的阿爸天父，你是我的親生兒子。
我親愛的兒子，

我們將會幸福地在一起！

阿納絲塔夏講完後，我過了一會兒才回神。我彷彿還能聽到四周的所有聲音，又或許我聽到的是，我的血液以不尋常的節奏流經血管的聲音吧。我聽懂了什麼？至今我也不知道。

她熱切誠摯地詮釋出神對人的祈求，這些話是真是假，現在誰說得準？誰又能解釋，為什麼這些話能引起如此強烈的感受？而現在的我在做什麼？我在有意識地振筆疾書，還是根本沒有意識……我要瘋了嗎？我是把她說的話與吟遊歌者以她之名所唱的歌詞混淆了嗎？一切都有可能。或許其他人能替我理解，而我會在寫完後，試著弄個明白。現在我又在寫書了，但就像當時在泰加林時，那段祈禱詞偶爾會突然響起，彷彿穿過簾幕傳到我耳邊。

然後又是一個問題，一個令人折磨的問題，至今仍會在我的生活畫面和沉思中出現。我不敢自己回答，但我內心再也受不了了，或許有人能找出具有說服力的答案？

就是祈禱！阿納絲塔夏的祈禱！只由文字組成的祈禱！一個泰加林隱士的話，況且她沒受過教育，思考和生活方式也與眾不同。真的只有文字，可是卻不知為何，每當我聽到時，我寫字的手便熱血沸騰，血液的脈動像在數秒內督促著我決定，什麼才是最好、該如何活下去。我們真的要祈求至善的天父拯救我們、提供或奉獻什麼嗎？還是要忽然像她一樣，堅定且發自內心地說：

我無所不在的父親啊！
我不會讓罪惡與懦弱有機可趁，
我是祢的女兒，要讓祢開心的女兒。
我要用自己讓祢感到榮耀……

祂會比較喜歡哪一種祈禱？我或我們所有人應該怎麼做？該走哪一條路？

我無所不在的父親啊！
我不會讓罪惡與懦弱有機可趁……

可是要如何有勇氣說出這樣的話？如何在說出口後實行呢？

12 阿納絲塔夏的家族

「阿納絲塔夏，告訴我，妳和妳的祖先怎麼會到叢林深處生活，遠離社會數千年？如果妳相信全人類是一個生命體，所有人有共同的源頭，那為什麼妳的家族與眾不同、離群索居呢？」

「你說得對，所有人都有共同的天父，以及我們身邊的父母。然而，每個人類命運都能自由選擇自己想走的路，通往一定的目標，而這種選擇取決於感受的養成。」

「那麼是誰養育了妳遠古的祖先，讓妳的家族至今仍然這麼不同？包括生活方式，或者說，妳理解事情的方法。」

「在很久很久以前……雖然我說『很久』，但彷彿昨天才發生。或許我應該這樣說比較好：當人類不再共同創造，轉而去拆解神的創造時；當空中出現長矛，忠誠的動物被拿來做成皮草，人類將之視為珍品披在身上時；當所有人的意識都改變了，走向今天如此地步的道路時；當人類的思想不再渴望創造，而是尋求知識時——人類突然想知道男女要如何交合，才能獲得最大的歡愉。因此，男人第一次擁有女人，女人將自己獻給男人，不是為了創造，而是為了彼此的歡愉。

「他們和現代人一樣，都以為只要男女，也就是兩人的肉體——有形的身體——交合，就能從中獲得歡愉。

「事實上，肉體之歡是不完整且短暫的。在這種只有歡愉的活動中，不會有人類其他層面的『我』參與。人類總是變換身體和交合的方式，試圖從中獲得滿足，至今卻未能完全如願。

「下一代就是他們肉體之歡的悲慘結果，孩子被剝奪了實現神聖夢想且帶有意識的渴望。女人開始在生產時承受痛苦，孩子也註定要在痛苦中成長。缺少三種存在層面的他們，沒有機會獲得幸福。我們就是這樣活到了現在。

「最初在痛苦中生下孩子的女人之中，有一位看到自己的女兒在生產時弄傷了腳，虛弱到完全哭不出聲音。她還看到曾與她享受肉體之歡的男人，居然對她的生產不理不睬，並開始找其他的女人尋歡。因此，意外成為人母的她，對神心生怨恨，魯莽抱著剛出生的女兒離開人群，直奔無人居住的叢林深處。她在途中停下來，喘一口氣，絕望地擦去臉上的眼淚，繼續對神拋出她的憤怒：『為什麼在祢所謂的美好世界裡，會有痛苦、邪惡和遺棄？我回頭看祢創造的世界，我感受不到滿足，只有滿滿的失望和憤怒。我被眾人遺棄，而那個我疼愛過的男人，現在卻在撫摸別的女人，把我給忘了。他們就是祢創造出來的！那個背叛我、對我不忠的男人是祢的，而他現在愛撫的女人也是祢的。他們都是祢的創造，不是嗎？那我呢？我想把他們活活掐死，我對他們只有滿滿的恨意。祢的世界對我來說已經沒有快樂可言，祢到底為我選擇了什麼命運？為什麼我會生出如此醜陋又要死不活的孩子？我不想讓任何人看到她，我看到她一點都快樂不起來。』

「那個女人沒有把奄奄一息的女兒放下，而是粗魯地丟在森林的草地上。她絕望又憤恨地繼續對神大喊：

『我不要讓任何人看到我的女兒！祢看啊，看看在祢的創造中發生的這些痛苦。她活不了了，我沒辦法餵養自己的親生女兒，我的乳房只剩下憎恨。我要走了，但祢看看！看看祢創造的世界裡，有這麼多的不完美。就讓這個誕生死在祢的面前，就讓它死在祢的創造中吧！』

「母親絕望又憤恨地跑著離開，留下剛出生的女兒孤伶伶地躺在森林的草地上——一個無助又奄奄一息的小女娃。弗拉狄米爾，那個小女孩就是我久遠以前的祖奶奶。

「神感受到從地球散發出來的絕望和憤恨，對那位哭泣的不幸女人感到難過又同情。無形的天父雖然愛她，卻仍舊無法改變她的命運。那個絕望奔離的女人，頭上有神賦予的自由桂冠。每個人的命運都是自己創造的，物質層面不受任何人支配，完全掌握在人類自己的手中。

「神是個體，是所有人的父親，但祂沒有形體。祂不以肉體的形式存在，但祂擁有宇宙的所有能量、人類所有的感受。祂會開心、會痛苦，會因為子女選擇苦難的道路而難過。祂對所有人都散發父親的柔情，每天會為了所有人，用愛的陽光撫摸整個地球，毫無例外。祂每天都懷抱著希望，盼望祂的女兒、祂的兒子能走上神聖的道路；不是因為受到指示，或是在威脅之下，而是憑著自由意志，選擇走向共同的創造、走向重生、走向其深思帶來的快樂。我們的父親心懷信念地等待著。祂用自己延續生命。人類所有的感覺，我們的父親都有。

「當我們的父親——神——看到剛出生的孩子在祂的森林裡，在祂的創造之中，靜靜地死去，有人能夠想像祂的感受嗎？

「小女娃不哭也不叫，小小的心臟越跳越慢，只有她的嘴唇會偶爾尋找維生的母乳、想要喝奶。

「神沒有具體的手，祂雖然什麼都看得見，卻無法把小女孩緊緊地摟在懷裡。已經付出一切的祂，還能再給出什麼呢？這時，能讓整個宇宙充滿自己夢想能量的祂，在森林上方聚集成一團。這個小小的能量團能在快速擴張下，分散所有浩瀚的宇宙世界。祂在森林上方聚集自己愛的能量——祂對所有創造的愛。透過這些創造，祂在世間的行動得以體現。而這些創造……

「小女娃還躺在草地上，一滴雨碰到她發青的嘴唇，當下也吹起溫暖的微風。樹上飄下了花粉，讓小女娃吸進體內。太陽下山、天黑後，小女娃還活著。所有被神聖喜悅籠罩的森林生物和野獸，都將小女娃視為自己的孩子。

「過了幾年，小女娃長大成少女了。我叫她莉莉絲。

「當她在晨曦下的草地走動時，萬物都會開心地大喊『莉莉絲』！莉莉絲用她的微笑照耀並撫摸神在她四周創造的世界。莉莉絲接受周遭的一切，就像我們接受自己的母親和父親一樣。

「她長大後，越來越常走到森林邊緣，靜靜地躲在草叢和灌木叢中，看著一群與她類似的人，過著某種奇怪的生活。這些人離神的創造越來越遠，他們建造房屋、破壞周遭的一切，不知道為什麼地把動物的毛皮穿在身上。他們會因為獵殺神的生物而感到自豪，並且誇獎誰最快殺掉獵物。他們用沒有生命的東西製作一切。當時莉莉絲不明白，為什麼要用活物製作沒有生命的東西，而且這些人還覺得自己很聰明。

「她想去找他們，告訴他們什麼才能為所有人帶來快樂。她渴望共同的創造及其深思帶來的快樂。她的內心越來越渴望孕育出全新且有生命的神聖創造。

「其中有一個人越來越常引起她的注意。和其他人比起來，他看起來很普通，長矛也丟不遠，所以大家認為他不是當獵人的料。他總是若有所思的樣子，經常默默地唱著歌；他的個性獨來獨往，常常做白日夢。

「有一天，莉莉絲走去找他們。她在森林裡收集了很多有生命的禮物，裝進藤籃裡後走向人群。那群男人圍著一隻被殺死的小象，不知道在爭論什麼，而她選中的那個男人也在裡頭。大家看到她後都安靜了下來。莉莉絲長得亭亭玉立，身上沒有任何遮掩，但她不知道的是，這群男人已被肉體的慾望給吞噬了。他們一同奔向莉莉絲。她把禮物放在草地上，看到他們的眼睛燃起熊熊慾火，而她選中的男人也跟在後頭。

「即使還隔了一段距離，莉莉絲仍突然感受到一股侵略氣息碰觸她心中的細弦，於是她往後退了一步，迅速轉身，甩開不斷逼近的這群戰士。

「慾火焚身的他們追了很久。她跑得臉不紅氣不喘，而他們個個汗如雨下。他們是註定碰不到莉莉絲的一根寒毛。極力追求美的他們並不知道，想要瞭解美，心中也要擁有美。

「這群戰士最後跑累了，跟丟莉莉絲的他們，回頭時還迷了路，花了好一番工夫才找到路。

「只剩下一個人留在森林裡逗留。他疲憊地坐在倒木上唱起歌來，而莉莉絲靜靜地躲在一旁觀察，聽著他的歌聲。莉莉絲認出他就是自己心儀的對象，雖然他也和所有的男人一起追她，但她還是從遠處現身，告訴他回去營地的路。他接著起身離開，但並沒有追著莉莉絲跑。兩人後來走到森林邊緣，他一看到營火和營地，便不顧一切地往前奔。莉莉絲看著她選中的人奔跑，心臟一下子異常跳動，一下子又停頓，她還不斷地對自己說：『在眾人之中要快樂，我的愛人，一定要快樂。噢，我真希望能在我的森林這裡，聽到你快樂地唱歌，而不是悲傷的旋律。』

「這時，那個奔跑的男人突然停下，若有所思地轉頭望著森林，接著瞄了營地一眼，之後又回望森林。他忽然丟下手中的長矛，堅定地走向莉莉絲站著躲起來的地方。當他經過莉莉絲的藏身之處時，莉莉絲目不轉睛地看著他。或許是因為愛的目光，他停下了腳步，轉身走向莉莉絲。莉莉絲沒有跑走，而是膽怯地把手放在他伸出的手中。他們手牽著手離開，彼此沒有講任何話。他們就這樣走向莉莉絲生長的林間空地——我的詩人祖爺爺和祖奶奶。

「我的家族就這樣隨著時間延續下去，每一代都有一位祖先渴望去找那些外表相似，命運卻不同的另一群人。他們裝扮成各種模樣，混在戰士、牧師之中，或扮成學者。身為詩人的他們，用自己精湛的詩歌，試著讓大家知道，有另一條路可以通往人類的幸福，而創造萬物的祂，隨時都在人類左右，只要人類不要為了追求無謂的商業利益而拒祂於門外、為了效忠其他元素而拋下祂。

「他們努力告訴大家，最終也都免不了一死。然而，即使只剩下一個女人或男人，他們也會用愛在另一群人中，找到一位生活方式不同的朋友，讓家族得以延續，保留住他們來自原始起源的想法和生活方式。」

13 為了感受所有人的行為

「阿納絲塔夏，等一下。」一個想法像電流般流過我的腦中，「妳說大家最後都死了，就這樣持續了數千年。所有的嘗試都失敗了，但所有人還是照走自己的路？」

「是的，我的祖奶奶爺爺們都失敗了。」

「妳說他們都死了，是嗎？」

「那些走進人群、試圖溝通的人全都死了。」

「所以這代表了一件事，那就是妳會和他們一樣死去，因為妳也開始和大家溝通了。妳想從中期望些什麼？真是傻了，如果沒有人可以改變世界、改變社會的生活型態，妳又為什麼要……」

「為什麼這麼早就說到死亡呢？弗拉狄米爾。你看我不是還活得好好的嗎？我就在你的身邊，看著我們的兒子成長。」

「妳是哪來的自信呢?是什麼讓妳相信自己會獲勝,不會像妳的祖先那樣失敗?畢竟妳和他們一樣,都只有靠溝通而已。」

「你認為我只靠溝通嗎?你應該找時間仔細思考我說的話。這些都不是說給理智聽的,裡頭的訊息大家一定都聽過,可是一旦開始閱讀,許多人的內心都會產生暴風般的感受,因為這些文字組成的方式,能讓他們在字裡行間讀出很多訊息。只要有沒說出的空白,他們靈魂的詩歌就會填補上去。所以,現在不是我在講神聖的真理,而是由讀者自行挖掘出來的。讀者的數量越來越多,就再也無人能使他們偏離唯有神天生擁有的夢想道路。我的任務雖然還沒完成,但在很多人的靈魂中,已經出現了造物者所希望看到的渴望,而這才是最重要的。

「當靈魂在夢想中有所渴望時,相信我,那就一定會在生活中實現。」

「那告訴我,為什麼從古至今從來沒有人這樣解釋呢?」

「不知道。或許造物者釋放了某種新的能量!這種能量正以全新的方式告訴我們,有哪些是我們每天都能在周遭看到,卻沒有給予應有重視的東西。我的感覺不會騙人,我清楚地感覺到,祂又再加速自己的所有能量,新的晨曦將會為全世界升起。祂在世間的兒女將會瞭解，神聖夢想的能量創造了什麼樣的生活。而你和我都將置身其中。但最重要的是……最重要的是那些最早在字裡行間感受到一些想法的人！造物者的能量已把這些有如靈魂樂章的想法注入了人類。這些都發生了！一切都已成真！人類已經在思想中，渴望創造一個全新的世界。」

「妳講得有點籠統，阿納絲塔夏。說得具體一點，大家應該要怎麼做？要怎麼建造這個世界，以及建造成什麼樣的世界，才能讓所有人都過得幸福呢？」

「弗拉狄米爾，我現在沒辦法說得更具體。在這個地球上，人類的生活已經有太多的理論，很多人還陷入對它的崇拜，可是這些都是沒有意義的。理論是無法改變世界的，只要一點就能證明。」

「哪一點？我不明白。」

「宇宙中萬物到達極限的那一點，也就是所有人目前所在的那一點。這一切都取決於人類的下一步要往哪裡走。這些也都顯示了理論是毫無意義的。所有人自被創造出來的那一刻起，都是憑著感覺過生活。」

「等一下，這是在說我嗎？妳說我在生活中都不是以理智去行事嗎？」

「弗拉狄米爾，你和其他人一樣，都是透過自己的理智去改變周遭物質之間的關係，試圖以物質的方式體驗每個人在直覺上知曉的感受。這種感受每個人都在尋找，卻誰也找不到。」

「哪種感受？大家在找什麼？妳在說什麼？」

「我說的是，人類最初在天堂樂園裡生活時的感受。」

「所以妳是想說，我用理智汲汲營營做了這麼多事，都是為了要體驗這種天堂般的感受嗎？」

「弗拉狄米爾，你自己想想看，你做的一切是為了什麼？」

「什麼叫『為了什麼』？就和大家一樣，為了生活和家庭打拼，為了讓自己感受不比別人差。」

「你剛說『為了感受』。」

「是啊。」

「你現在試著理解：『為了感受』……所有人的行為。」

「『所有人』是什麼意思？就連吸毒犯的行為也算嗎？他們也在尋找這種感受嗎？」

「當然！他們和大家一樣，也在自己的道路上，努力尋找這種感受。他們用毒品讓塵世的肉體承受折磨，希望藉此暫時獲得這種無上的感受，哪怕只是接近也好。

「酗酒者忘掉一切，眉頭一皺後喝下那堪比毒藥的苦酒，也只是因為內心尚存追尋美好感受的渴望。

「還有科學家絞盡腦汁，發明各種奇特的新機械，認為這可以讓自己和所有人感到滿足，卻屢屢徒勞無功。

「自有史以來，人類的頭腦已經想出太多沒有意義的東西了。弗拉狄米爾，你回想一下，你生活周遭有這麼多東西，每個都被視為科學思想的成果，背後投注了大量的人力，但你只要告訴我，弗拉狄米爾，有哪樣東西讓你對生活感到快樂、滿足的？」

「哪樣啊……分開來看或許說不出來，但所有東西放在一起，就能讓生活變得便利許多。就拿小客車來說，你可以坐在駕駛座，去你想去的地方。外頭如果又濕又冷，車內可以開暖氣；外頭如果熱到汗流浹背，車內還可以開空調，讓你的周圍充滿冷空氣。另外像是家中的廚房，也有很多供女人使用的廚具，甚至有洗碗機替女人省事。吸塵器讓打掃更輕鬆，也可以節省時間。大家都知道，有很多器具可以讓我們的生活更便利。」

「唉，弗拉狄米爾，這些便利都是假象，所有人每天得為此付出代價，讓自己壽命減短及承受痛苦。人類為了獲得這些沒有靈魂的物品，終其一生像個奴隸，被迫做自己不喜歡的工作。這些沒有靈魂的物品環繞在身邊，代表著人類對宇宙存在本質的誤解程度。

「你是一個人！仔細看看身邊，為了製造一個又一個的器具，工廠四處林立，排出致命的廢氣，讓水失去了生命，而你……身為人的你，為了這些東西，一輩子要做不快樂的工作。不是這些東西在服務你，而是你在服務它們——發明、維修，甚至崇拜它們。弗拉狄米爾，告訴我，在科學家之中，是哪位偉大又聰明的人發明出這種服務人類的機制？而又是在哪個工廠製造的？」

「哪種機制？」

「在我手底下拿著松果的這隻松鼠。」

我望著阿納絲塔夏的手。她把手伸了出來，手掌朝下離草地約半公尺高。在她手掌正下方的草地上，有一隻用後腳站立的深紅色小松鼠，牠的前爪拿著一顆雪松果。牠深紅色的臉先是靠向松果，接著把松果舉得高高的，用水汪汪的大眼看著阿納絲塔夏的臉。阿納絲塔夏看著這隻小動物，露出微笑但沒有其他動作，手依舊懸在半空中。小松鼠突然把松果放下，開始忙著弄那顆松果，用前爪撥開松果，把裡面的小果核拿出來。牠接著又用後腳站立，將頭抬起來，似乎想把果核拿給阿納絲塔夏，希望她能從自己的手中拿走，可是阿納絲塔夏仍坐在草地上不為所動。小松鼠又低下頭，迅速地咬著果核的外殼，再用爪子撥掉，把果仁拿出來放在草地的葉子上。牠後來又不斷地從雪松果中取出新的果核，咬掉外殼後把果仁堆在葉子上。阿納絲塔夏終於把手放在草地上，並將手掌朝上，小松鼠急忙地把葉子上所有乾淨的果仁放在她的手掌上。阿納絲塔夏用另一隻手輕輕地摸著這個毛茸茸的小動物。牠忽然停止了動作，接著跑向阿納絲塔夏，站起身來，看著她的臉，似乎因開心而顫抖著。

「謝謝！」阿納絲塔夏對著小松鼠說，「小美人，妳今天比以前還美。去忙吧，妳這個忙碌的小傢伙。去選一個值得妳依靠的另一半吧，小美人。」她指向一顆枝葉茂密的雪松。小松鼠繞著阿納絲塔夏跳了兩圈，然後照她指的方向飛快地跑走，爬上樹幹，消失在雪松的樹冠裡。阿納絲塔夏把手伸了過來，手上有幾個乾淨的雪松果仁。「的確！這就是她說的機制啊！」我心裡想著。「這個機制會自己收集食物、自己帶過來，還會把外殼剝掉。這隻小動物不需要保養和維修，也不需要電。」

我試了果仁的味道，然後問她：

「像亞歷山大大帝、凱撒統帥，還有發動戰爭的那些統治者，包括希特勒在內，難道他們也在追尋這種原初的感受嗎？」

「當然，他們想感受自己是整個地球的主宰。他們的潛意識認為，這種感受類似於所有人在直覺上所追求的感受，但他們錯了。」

「妳說他們錯了，為什麼妳這麼認為？畢竟還沒有人真的可以統治全世界。」

「可是他們佔領了城市和國家。他們為了城市而打起來，想要取得勝利，但這種因勝仗而獲得的滿足感稍縱即逝，所以他們才會發動更大的戰爭，讓戰爭一個接一個發生。他們佔領國家，而且不只一個，可是這卻沒給他們帶來快樂，反而徒增煩惱。他們害怕失去一切，因此又想藉由軍事成就尋求滿足。他們的心思沉溺於虛榮之中，再也無法走向具有偉大神聖感受的夢想。世上所有軍事統治者的下場都很悲傷，現在大家耳熟能詳的歷史故事就能證實這點。很可惜的，這樣的虛榮、忙碌和不勝枚舉的商業教條，讓現代人沒辦法判斷神聖的感受在哪裡等待他們。」

14 泰加林的午餐

每次我到泰加林的林間空地找阿納絲塔夏時，身上都會帶一些吃的東西，像是罐頭、用塑膠袋密封的餅乾，以及真空包裝的魚肉片。可是每次從阿納絲塔夏那兒回來時，我都發現自己根本沒吃這些食物。她總是會給我東西吃，大致上是一些堅果、包在葉子裡的新鮮漿果和乾香菇。

我們習慣吃的香菇大多經過精心烹調、烘烤、醃漬或鹽漬，但阿納絲塔夏吃的是沒有任何加工的乾香菇。我一開始還不太敢吃，試了之後才覺得沒什麼。香菇在嘴裡會因為口水而軟化，可以像糖果那樣用吸的，也可以吞下去。我後來甚至習慣了這個味道。有一次，我從莫斯科到格連吉克參加讀者見面會時，整天都在吃阿納絲塔夏給我的香菇。當時開車載我的莫斯科研究中心主任松采夫，也跟著我吃這些香菇。我在見面會上分享時，我也請台下的讀者品嚐。他們完全不怕，拿了香菇就當場吃下去，後來也沒發生什麼不好的事情。

我不太記得在阿納絲塔夏那兒時，我們有特別坐下來吃東西，都是阿納絲塔夏路上給我吃什麼，我就吃什麼。我也從來不覺得餓，但是這次……

或許是我思考阿納絲塔夏的祈禱詞意義太久了，所以沒有注意到她擺了一桌豐盛的食物，如果可以說「一桌」的話。

草地上擺了大大小小的葉子，上面放著各種食物，至少有一平方公尺這麼大。全部都擺得很漂亮，裝飾又精美，有蔓越莓、越橘莓、雲莓、覆盆子、黑醋栗、紅醋栗、乾草莓、乾香菇、某種淡黃色的稀粥、三根小黃瓜和兩顆不大的紅番茄。旁邊擺著一把一把不同的草，還有花瓣點綴其中。木製的小碗裡有某種像是奶製品的白色液體，旁邊不知是什麼做成的糕餅，還有裝在蜂巢裡的蜂蜜，上頭灑了五彩繽紛的花粉。

「弗拉狄米爾，請坐，嚐一嚐神給我們的日常糧食。」阿納絲塔夏邀請我，臉上帶著狡猾的微笑。

「哇！」我按捺不住興奮，「不會吧！妳準備得這麼精美，根本是出門度假時的賢妻良母嘛！」

阿納絲塔夏聽到稱讚時，像個小孩一樣興奮，笑出聲來盯著自己的傑作，接著突然拍手大叫：

「噢，看看我，算什麼賢妻良母，我都忘了調味料！各種重口味的調味你都喜歡，對吧？」

「對。」

「但賢妻良母居然忘了！等我一下，我馬上好。」

她看了看四周，跑到旁邊的草地拔東西，接著到另一個地方，再到灌木叢中拔，最後回來在小黃瓜和番茄的中間，放了由多種草組成的一小束草，然後對我解釋：

「這些是調味料，味道很重。如果要的話，可以試一下。一切都準備好了，每個都嚐一點吧，弗拉狄米爾。」

我拿起小黃瓜，看著豐富的泰加林食物說：

「可惜沒有麵包。」

「有麵包呀。」阿納絲塔夏回答，「喏，你看！」她將某種塊莖遞給我。「這是牛蒡的塊莖，我特別準備給你代替美味的麵包、馬鈴薯和胡蘿蔔的。」

「我沒聽過有人會吃牛蒡的塊莖。」

「你嚐嚐看，別擔心，過去很多人都會拿它入菜，好吃又營養。你先試一下，我剛才已經把它泡在奶裡軟化了。」

我原本要問奶是哪來的，但在我咬了一口小黃瓜後……我就一直吃到完，沒有配麵包，中間一句話也沒說。我剛從阿納絲塔夏的手上接過代替麵包的塊莖，但在我吃完小黃瓜之前，都一直拿在手上沒有吃。

你們知道嗎，這根小黃瓜看似平凡，味道卻和我之前吃過的完全不同，泰加林小黃瓜的香味非常獨特。你們應該知道溫室栽種的小黃瓜，口感和味道都和戶外菜園栽種的不同吧？戶外生長的口感和味道會好很多。阿納絲塔夏的小黃瓜也不同，或許比我在菜園吃過的所有小黃瓜還要好吃。我很快地拿起番茄，一下子就把它吃光了，它的美味也十分獨特，同樣勝過我之前吃過的所有番茄。這些小黃瓜和番茄都不需要加鹽巴、酸奶或奶油，原味就很好吃了，就像吃覆盆子、蘋果或橘子一樣，不會有人用糖或鹽醃漬蘋果或梨子吧。

「阿納絲塔夏，這些蔬菜是從哪裡來的？妳跑到村裡拿的嗎？是什麼品種？」

「我自己種的。你喜歡，對吧？」她問。

「喜歡！我第一次吃到這樣的蔬菜。所以說，妳有一座菜園或溫室囉？妳都用什麼翻土？肥料從哪裡來？從村裡拿的嗎？」

「我只是跟一位村裡認識的婦女拿了種子，然後就在草地之間選一塊地耕種。番茄是在秋天種的，被雪覆蓋後，到春天就開始生長。小黃瓜是在春天種的，這些原本還小的蔬菜也熟成了。」

「但為什麼這麼好吃？是新的品種嗎？」

「只是一般的品種。之所以和菜園的不同，是因為在生長時，吸收了一切所需的元素。在菜園裡，農夫會試著把作物與其他植物隔開，用肥料加速作物生長，但這會讓作物沒辦法吸收一切所需的元素，而無法自給自足，味道也就沒那麼討喜了。」

「那奶是從哪來的？還有糕餅是怎麼做的？我以為妳不會拿動物來吃，但這碗奶……」

「這不是動物的奶，弗拉狄米爾。你眼前看到的奶來自雪松。」

「怎麼可能是雪松？難道樹木可以產奶？」

「可以，但不是所有樹木，像雪松就可以。嚐看看吧，裡面含有非常多的東西。眼前這碗雪松奶是很滋養的，不僅滋養你的身體而已。不要一下喝完，嚐個兩三口就好，不然你會飽到吃不下其他東西的。」

我喝了三口，雪松奶很濃稠，帶點甜甜而迷人的味道，還散發出一種溫暖，但不是那種熱牛奶的溫暖。這股不知從何而來的微微暖意，溫暖了我的體內，彷彿也改變了我的心情。

「雪松奶很好喝，阿納絲塔夏，真的很好喝！不過要怎麼幫雪松『擠奶』呢？」

「不用擠，只要把富含奶的松子放在木缽裡，用特製的木棒不斷地磨。思緒要平靜，一邊沉思一邊帶著好心情磨，然後慢慢加入活的泉水，就可以做出雪松奶了。」

「難道從來沒有人知道這個嗎？」

「以前就有很多人知道了，現在泰加林村莊裡的人有時也會喝，可是都市人偏好的飲食完全不同，他們不是吃有益健康的食物，只是為了方便保存、運送和烹調。」

「妳說得沒錯，城市裡一切都求快，可是這碗奶……哇，雪松真是一種神奇的樹木！不只能給我們松子、油、做糕餅的粉，還有雪松奶。」

「雪松還能給予其他獨特的東西。」

「什麼獨特的東西，可以舉例嗎？」

「雪松的精油可以做成最棒的香水，完全不需其他添加物，又有益健康，它的香味是所有人工香水都比不上的。雪松的精油代表宇宙的精神，能為肉體帶來療癒的效果，為人類抵擋不好的東西。」

「可以和我說如何從雪松取得香水嗎？」

「當然可以，但你要再吃一點東西，弗拉狄米爾。」

我伸手拿了一顆番茄，但阿納絲塔夏阻止我：

「等一下，弗拉狄米爾，不要這樣吃。」

「不然要怎麼吃？」

「我為你準備這麼多不同的食物，是希望你每一樣都試看看，好讓它可以治癒你。」

「它？」

「我是說你的身體。當你每樣都嚐過以後，身體會自己選擇它需要的，讓你想要多吃一點身體所選的食物。你的身體會自己判斷它缺少什麼。」

「真的假的？」我心想，「這是阿納絲塔夏第一次打破自己的原則。」

事情是這樣的，阿納絲塔夏曾兩度替我治療體內的疾病，我自己也不知道是什麼疾病，但有時會覺得胃、肝臟或腎臟很痛，甚至會一起發作，痛到連止痛藥都不一定有用。但我知道，只要來找阿納絲塔夏，她就會替我治療，而且處理得很快。可是到了第三次，她卻拒絕替我治療，甚至不用注視完全消除我的疼痛，只說如果我再不改變生活型態，或是戒掉會造成疾病的習慣，她就不能再替我治療，因為這種情況下的治療只會有害無益。我當時很生氣，之後再也不請她治療了。

在我回家後，我還是開始少抽點菸，不再喝這麼多酒，甚至斷食了幾天。身體感覺變好了，那時我就在想：我們不用每次哪裡痛時，就去找醫生或治療師，我們其實可以照顧好自己。當然，最好還是不要有疼痛。最後，我仍是沒辦法治好自已，但我已經決定不找阿納絲塔夏幫忙了，可是她這次竟然主動同意替我治療。

「可是妳說過妳不會再替我治療，甚至也不幫我止痛。」

「我不會再幫你止痛。疼痛是神與人之間的對話。但像我現在……還是可以給你東西吃，這不會違反自然，而是與他們相對。」

「他們？」

「那些訂出對人有害的規律的人。」

「什麼對人有害的規律？妳在說什麼？」

「弗拉狄米爾，我說的是，你和大部分的人一樣，依照別人訂出的規律進食，但是這對人有很大的害處。」

「或許有人會照著某種規律進食，這有很多種，像是為了瘦身、增重等等。可是我是想吃什麼，就吃什麼，我甚至沒讀過任何有關飲食的資訊，我去商店都挑我自己喜歡的。」

「是這樣沒錯，你可以在商店裡選擇，但是你同時也被商店提供的東西給限制了。」

「是啊……商店裡的東西都包裝得好好的。現在競爭很激烈，大家都想取悅消費者，一切以方便消費者為主。」

「你覺得一切都是為了方便消費者嗎？」

「當然，要不然是為了誰？」

「在技術治理的生存模式中，所有制度都只是為了制度本身，弗拉狄米爾。拿到冷凍、罐裝的食物、幾乎沒有生命的水，對你來說真的方便嗎？是你的身體決定了商店要賣哪些食物嗎？」

「技術治理世界的制度負責給你生活必需品，你同意這點，也完全信任這個制度，甚至不再思考你是否真的需要它提供的一切。」

「但我們還是活得好好的，沒有因為這些商店而死掉。」

「你當然還活著，但是你有疼痛呀！你的疼痛從何而來？你想想看，多數人的疼痛從何而來？對人類而言，疾病和疼痛是不自然的，是因為選錯道路所致。你馬上就會對此深信不疑的。在你面前的只是神聖大自然為人類所創造的一小部分，你每樣都嚐一點，然後再把你喜歡吃的帶在身上。只要三天的時間，你所選的小草就能治好你的疼痛。」

阿納絲塔夏還在說話的時候，我就已經開始每樣都吃一點。有幾束草沒有味道，有些則是我會想再吃的。後來，在我離開之前，阿納絲塔夏把我那次所選的食物放進我的背包。我吃了三天之後，疼痛真的完全不見了。

15 這些能夠改變世界嗎？

「阿納絲塔夏，為什麼妳在談論自己祖先時，總是比較常講到女性、祖奶奶，卻幾乎沒有提到男性、祖爺爺？好像在妳的家族裡，祖爺爺不重要似的，還是妳的遺傳碼或光線不讓妳看見、感覺到妳的男性祖先？這樣對妳的祖爺爺不會是個汙辱嗎？」

「和祖奶奶一樣，只要我想，就能感受到、看得見祖爺爺在過去生活中的行為，但我幾乎無法理解他們的所有行為，或是判定他們對現今社會、全人類和我自己的意義。」

「在妳幾乎無法理解行為的祖爺爺之中，至少告訴我一位的故事吧。妳畢竟是女人，比較難理解男人；而我是男人，會比較好懂。如果我能理解，就可以幫助妳弄明白。」

「當然好啊！那我告訴你其中一位祖爺爺，他不僅知道，也能製造出威力比現在和未來所有武器還強的有生命物質。沒有任何人造物能夠抵擋得了，這種有生命的物質可以改變地球上的世界、摧毀銀河，或是創造其他世界。」

「真的假的！這個玩意兒現在在哪？」

「現在地球上的每個人都能製造，只要瞭解並感覺到……。我的祖爺爺曾向埃及祭司透露一部分的秘密。甚至到了今天，世上許多領袖還在使用祭司建立的這些制度和機制治理國家，但現在越來越少人理解治理的意義和機制。這套機制還未完善，就隨著時代沒落了。」

「等等，妳的意思是說，現在的總統都是依照古代埃及祭司的制度或指示治理國家嗎？」

「從那時候開始，一直沒有人能為治理的制度帶來實質的貢獻，當今世上沒有國家明白人類社會的治理機制為何。」

「這太難以置信了，妳可以試著按照時間順序和我描述整個故事嗎？」

「好，我會試著照順序講，你也試著去明白。

「數萬年前，當世上還沒有像埃及盛世這樣的國家時，人類社會分散成很多個部落，而我的祖爺爺和祖奶奶離群索居，依照自己的方式生活。林間空地周圍的一切，有如原始的天堂樂園般美好。我美麗的祖奶奶有兩個太陽，一個是每天升起、喚醒生命的太陽，一個是她選中的人。

「祖奶奶總是第一個起床，到河裡洗澡後，在晨曦中取暖。她總是向萬物散發喜悅的光芒，並等著祖爺爺——她的摯愛——起床。祖爺爺起床的第一眼就會看到她。當兩人眼神交會時，周遭萬物都會靜止不動，任由佈滿興奮之情的空間，吸收他們的愛與悸動、幸福與喜悅。

「日子在快樂的作息中一天天地過去。每當日落時分，祖爺爺就會若有所思地看著夕陽，接著唱起歌來。

「祖奶奶聽著他的歌聲，把喜悅之情藏在心裡。當時她還未能明白，歌曲中交織的文字是怎麼產生非比尋常的新意象。她越來越常渴望聽到這些歌曲。祖爺爺也似乎感受到她的渴望，每次都會唱給她聽，歌中描繪的獨特意象也越加清晰明顯。這無形的意象逐漸活躍在他們兩人之中。

「有一天早上，當祖爺爺起床時，沒有如往常般收到愛的目光，但他並不驚訝。他平靜地起身，漫步到森林中。他在一個隱蔽的地方，看到祖奶奶沉默不語。

「她獨自站在那兒，身體靠著一棵雪松。安靜的她感覺到祖爺爺搭起她的肩，但她仍然沒有抬起她濕潤的雙眼。祖爺爺輕輕拭去她流過臉頰的淚水，溫柔地對她說：

『親愛的，我知道妳在想它。妳在想它，但錯不在妳。我創造的意象雖然無形，但妳愛它比愛我還多。親愛的，這不是妳的錯。我會離開，我要走入人群。我已經知道如何創造出美好的意象，我會和大家分享。我知道的事情，其他人也能明白。美好的意象會將人類帶往最初的花園。宇宙中沒有任何東西，能比有生命的意象物質還來得強大。我創造的意象甚至能超越妳對我的愛，我可以創造出偉大的意象，讓這些意象服務人類。』

「祖奶奶的肩膀不停顫動，用發抖又微弱的聲音說：

『為什麼？親愛的，你創造出我喜愛的意象，可是它是無形的啊，然而有形的你卻要離開。我們的孩子已經開始在肚子裡動來動去了，我要怎麼跟他說他父親的事？』

『美好的意象將能創造出美好的世界，我們的兒子在成長中自然會想像父親的形象。如果我有資格成為兒子想像的形象，兒子會認出我來的。如果我沒有資格成為他的想像，那我就會退到一旁，不打擾他對美好、對夢想的渴望。』

「祖爺爺留下茫然的祖奶奶離開了。他帶著他偉大的發現走向人群，為了他未來的子子孫孫，為了創造出屬於全人類的美好世界。」

16 非比尋常的力量

「當時地球上的部落紛爭不斷，每個部落都設法增加戰士人數。在這些戰士之中，只要有人喜好耕種或詩歌，就會被當作是異類。每個部落都有祭司，他們喜歡恐嚇群眾，心中卻沒有明確的目標，只是把別人的恐懼當作慰藉。他們每個人為了滿足自己的虛榮心，都會說自己從神得到的東西比別人多。

「祖爺爺在幾個部落之中聚集了一群詩人和祭司，總共十九個人——十一位吟唱詩人、七位祭司和我的祖爺爺。他們在一個偏遠荒涼的地方碰面。

「詩人謙恭地坐在一旁，祭司則高傲地分開坐下。我的祖爺爺告訴他們：

『部落之間應該停止敵對與戰爭，讓人民生活在統一的國家之中。統治者會公平對待人民，讓每個家庭不受到戰爭的紛擾。大家會開始互相幫忙，人類社會也能找回通往原始花園的道路。』

「但祭司最初嘲笑祖爺爺，告訴他：『誰會願意把權力拱手讓人？如果要所有部落統一，就得有人變成最強的一個去征服他人，可是你卻不希望有戰爭。你說的話太天真了。你這個可笑的浪人，把我們聚集起來，到底是為了什麼？』祭司準備離開，但祖爺爺的一番話讓他們停下腳步：

『你們都是聰明人，需要你們的智慧來為人類社會制訂律法。我可以給你們每個人力量，沒有任何人造武器可以抵擋這種力量。如果你們用在好的方面，就能幫助世人迎向目標、追求真理，看見幸福的晨曦。但如果擁有者心存邪念、想要與他人鬥爭，那麼自己就會先倒下死去。』

「一聽到有這種非比尋常的力量，祭司便停下了腳步，其中最年長的祭司向我的祖爺爺提議：

『如果你知道有某種非比尋常的力量，就告訴我們吧。如果這種力量有用，能夠建造一個國家，你可以和我們一起生活在那個國家，共同為人類社會制訂律法。』

『我來找你們，就是為了告訴你們這種非比尋常的力量。』祖爺爺回答大家，『但在此之前，請你們先從認識的所有人之中推派一位領袖，這位領袖必須生性善良、不貪婪、友愛家人，且從沒想過與人打仗。』

「一位年長的祭司回答祖爺爺，說是有一位領袖與世無爭，但他的部落人數很少，而且因為他們不推崇戰士，所以很少有族人想成為戰士。為了避免爭鬥，他們經常必須遷居，過著游牧生活，讓別人住在宜居的地方，自己則生活在不適合人居的條件。這位領袖叫做『埃及』。

『埃及將會是這個國家的名字。』祖爺爺說，『我會唱三首歌給你們聽。各位吟唱詩人，你們要在不同的部落中唱給族人聽；祭司們，你們要住在埃及的人群之中。各地的家族會慕名而來，請用你們良善的律法歡迎他們。』

「祖爺爺向聚集的人唱了三首歌，他在第一首歌中創造了一位公正領袖的意象，並將他稱為埃及。第二首的意象是人民共同過著幸福的生活，第三首則是充滿愛的家庭，孩子和父母幸福美滿，一同住在與眾不同的國度裡。

「三首歌都是由再尋常不過的文字組成，但文字的組合卻令人屏息專注地聆聽。祖爺爺用聲音所唱出的旋律，呼叫、召喚、吸引並創造了有生命的意象。

「在當時的現實中，還沒有埃及這個王國，也沒有埃及神殿，可是祖爺爺知道，只要喚起人類的思想與夢想，將兩者結合，就能讓一切成真。祖爺爺帶著滿懷的靈感唱著歌，他明白偉大造物者賦予每個人的這種非比尋常力量。唱歌的祖爺爺擁有的這種力量，讓人類與萬物不同，讓人類擁有萬物的主宰權，讓人類得以被稱為神的兒子和創造者。

「充滿靈感的吟唱詩人，開始在不同的部落唱起這三首歌，美好的意象深深吸引了大家，讓他們紛紛從各地前往埃及的部落。

「五年過後，這個不大的部落成了埃及王國，其他所有曾被認為勢力龐大的部落都已分崩離析，他們好戰的統治者對此只能束手無策，看著自己的權力式微到消失殆盡。他們被某種東西打敗了，但過程中都沒有戰爭。

「習慣為了物質而爭鬥的他們，不知道意象的力量高於一切——那些人類靈魂喜愛的意象、那些吸引人心的意象。

「只要意象真誠且沒有受到商業理論的蒙蔽，在它的面前，哪怕只有一個，就算是世上的軍隊裝備、長矛或其他致命武器，都會變得無用武之地，都會在意象面前失去力量。

「埃及王國一天比一天強大，祭司將王國的統治者稱為『法老』。祭司住在神殿，遠離世俗的紛擾，訂出法老也須遵守的律法。每個平民都自願遵守律法，致力讓生活能夠符合意象。

「祖爺爺在主神殿裡與大祭司們生活，他們十九年來專心聽講，努力學習所有科學中最高深的知識，瞭解如何創造偉大的意象。祖爺爺帶著善意，真誠地傾囊相授。這些祭司是否全盤瞭解，還是只懂了一部分，現在並不清楚，但也沒必要釐清了。

「十九年後的某一天，最年長的大祭司召集了幾位親近的祭司，隆重地走進連法老都不能進入的主神殿。

「大祭司坐在寶座上，其他祭司則坐在底下。祖爺爺面帶笑容，與祭司坐在一起，進入沉思的他唱起另外一首歌，從中描繪出新的意象，又或許是加強既有的意象。

「大祭司對他所召集來的人說：

『我們學了偉大的科學，使我們能夠統治全世界，但為了讓我們的權力永垂不朽，任何一點的知識都不能傳出這幾面牆之外。我們必須發明自己的語言，只在我們之間溝通，以免任何人不小心洩漏秘密。

『在接下來的幾個世紀，我們會以不同的語言為世人帶來大量學說，讓所有人感到驚奇，而且認為這就是全部。我們會提出各式各樣的科學奇蹟和發現，讓人民和統治者越來越遠離重要的事物，也讓未來的智者以智慧的學說和科學驚豔人類。只要自己遠離重要的事物，就會也將他人帶離正軌。』

『就這麼辦！』大家都同意大祭司的提議，只剩祖爺爺不說話。

大祭司接著說：

『還有一個問題要立刻解決。我們這十九年來一直學習如何創造意象，現在我們每一個人都有能力創造出可以改變世界、破壞或強化國家的意象，可是還有一個祕密。你們有誰可以告訴我，為什麼我們每個人創造的意象在力量上有差別？而且為什麼我們創造要花這麼久的時間？』祭司們沒有講話，沒有人知道回答。大祭司稍微提高音量繼續說著，手中緊握的權杖不停抖動：

『現在我們之間只有一個人能迅速地創造意象，而且這些意象的力量無人能及。這個人教了我們十九年，卻還是留了一手。我們現在必須知道，我們之間並不平等。雖然誰有什麼地位並不重要，但大家要知道，我們之間有一個人在無形中默默地支配我們。他能自由操控意象的力量，用創造的意象推崇或殺害每一個人。他一個人就能決定國家的命運。我身為大祭司，有權力改變力量的均衡。我們坐在大門深鎖的神殿裡，外頭的皇家侍衛沒有我的命令，是不會向任何人開門的。』

「大祭司從寶座上起身，用權杖敲著地上的石板，緩緩地走向我的祖爺爺。他走到神殿中央時突然停下，看著祖爺爺說：

『現在你有兩條路可以選，一是你現在必須告訴我們尚未透露的意象力量，解釋這種力量是如何並用什麼方法創造的。到時我會宣布你為僅次於我的第二祭司，等我死後，你就能成為第一祭司，所有人都會在你面前低下身子。但是如果你不把秘密說出來，就只有第二條路可以選，就是通往那一道門。』

「祭司指向一道從神殿通往一座高塔的門，高塔沒有任何窗戶，也沒有其他對外門。牆壁平滑的高塔上有一座露臺，祖爺爺或其他祭司每年會在某個特定的日子站上露臺，唱歌給底下聚集的民眾聽。

「大祭司指著通往高塔的那一道門，繼續說：

『你要從這一道門走進去，永遠不能出來。我會下令把門封住，只留一扇小窗，每天替你送上最少的食物。當民眾在高塔前聚集的日子來臨時，你要走到上面的露臺迎接他們。你必須走出去，只是不能唱歌，不能創造意象。你走出去是為了讓人民看到你而不會擔心，或是避免有你失蹤的傳言出現。你只能用說的迎接民眾，如果你膽敢唱出具創造力的歌曲，就會有三天沒有東西吃或沒有水喝。如果你唱出兩首，就有六天沒水沒食物，表示你是在自尋死路。現在決定吧，這兩條路你要選擇哪一條？』

「祖爺爺冷靜地起身，臉上絲毫沒有恐懼或指責，只有眉間露出一點哀傷。他走過成排而坐的祭司，看著他們每一個人的眼睛。他在每一雙眼睛中，看出他們對知識的渴望，而且不只是渴望，還有貪婪的眼神。祖爺爺走到大祭司的面前，看著他的眼睛。這位灰髮蒼蒼的祭司沒有撇開眼睛，而是帶著強烈的貪婪之火。他用權杖重擊地上的石板，以嚴肅的語氣口沫橫飛地對著祖爺爺又說了一次：

『趕快決定你要選擇哪一條。』

「祖爺爺冷靜地回答，語氣中毫無恐懼：

『既然命運如此，我選擇一條又一半的路。』

『怎麼可能選擇一條又一半的路？』祭司大吼，『你膽敢在這偉大的神殿裡玩弄我和所有人！』

祖爺爺走向通往高塔的大門，然後轉過身來回答所有人：

『相信我，我無意玩弄你們。我會依從你們的心願，永遠待在高塔裡面。在我離開之前，我會盡我所能地把秘密告訴大家。但我知道就算我回答了，我也不能走第二條路，所以我才選擇一條又一半的路。』

『那就快說，別拖延時間！』祭司們從座位上跳起，聲音在穹頂下迴盪。『秘密在哪裡？』

『在蛋裡面。』祖爺爺冷靜地回答。

『在蛋裡面？什麼蛋？你在說什麼？解釋清楚。』聚集的祭司這樣質問我的祖爺爺。祖爺爺回答他們：

『雞的蛋會孵出小雞，鴨的蛋會生出小鴨，老鷹的蛋會為世界帶來小鷹。你感受自己是什麼樣子，你就會生出那個樣子。』

『我會感受！我是創造者！』大祭司突然大吼，『快告訴我，如何創造最強的意象？』

『你沒有說實話。』祖爺爺回答祭司，『你並不相信自己說的話。』

『你怎麼知道我相不相信？』

『創造者從來不會乞求答案，他自己就能回答自己。而你一直在要求答案，代表你困在猜疑的外殼之中……。』

「祖爺爺離開了。身後的大門在關上後，照著大祭司的命令封了起來。他們每天透過小窗替祖爺爺送餐一次，食物少得可憐，給的水不是每次都足夠。在民眾聚集塔前聽歌、聽故事的日子之前，他們有三天不送餐，只給祖爺爺水喝。這是大祭司下的命令，他改變了原先的承諾，就是為了讓祖爺爺虛弱到無法對群眾唱出具創造力的歌曲。

「當群眾聚集在塔前時，祖爺爺走上高塔的露臺迎接他們。他開心地看著等候的他們。他不是對他們訴說自己的命運，而是直接開口唱歌。現場揚起歡樂的歌聲，一個非比尋常的意象誕生了，四周的群眾無不專心地聽著。祖爺爺唱完一首，立刻又接著唱另一首。

「祖爺爺站在上頭的露臺唱了一整天，直到接近日落時分，他對大家說：『等到新的一天到來，各位將會聽到新的歌曲。』第二天，祖爺爺又對著群眾唱歌，但他們不知道，其實這位歌者被囚禁在高塔中，而且祭司們不再給他水喝了。」

聽著阿納絲塔夏說著自己祖爺爺的故事，我突然想聽聽祖爺爺唱了什麼歌，至少一首也好，於是我問她：

「阿納絲塔夏，如果妳都能這麼鉅細靡遺地重現自己祖先的所有生活場景，那代表妳也能把歌唱出來吧？就是祖爺爺在高塔上唱給群眾聽的歌。」

「我自己聽得到這些歌曲，但是沒辦法精確地翻譯。很多字現在都沒有，有些字的意思也變了。不僅如此，當時的詩歌韻律很難用現在的詞語組成。」

「真可惜，我很想聽聽這些歌呢。」

「弗拉狄米爾，你聽得到的，這些歌會再重現的。」

「如何重現？妳都說不可能翻譯了。」

「確實無法精確地翻譯，但是能創造精神和意義相同的新歌曲呀！現在有吟遊歌者，他們正在用現代人熟知的語言創作歌曲，而且你其實聽過我祖爺爺當時唱的最後一首歌了。」

「我聽過？在哪裡？什麼時候？」

「葉戈里耶夫斯克的一位吟遊歌者寄給你的。」

「他寄了很多首。」

「是啊，他寄了很多首，其中有一首很像我祖爺爺唱的最後一首歌……」

「可是這怎麼可能？」

「時間是有連續性的。」

「那是什麼樣的歌？歌詞是什麼？」

「你馬上就會明白，我會一一說給你聽。」

17 當父親們開始明白……

「到了第三天，祖爺爺在日出時再度走上露臺。他笑著看向人群，眼睛在找某個人的身影。幾位流浪的歌者向他揮手打招呼，接著拿起手中的樂器，琴弦便開始在歌者充滿靈感的手指間振動。祖爺爺對著他們微笑，同時用眼神專心地掃視人群。他想看到自己的兒子，想看到愛人十九年前在森林裡生下的兒子。突然間，人群中有個響亮的年輕聲音傳到他的耳裡：

『偉大的詩人與歌者啊，請你告訴我，你高高站在人群之上，可是為什麼底下的我卻感覺你和我很親近，彷彿你就是我的父親？』

「所有人都聽到他們接下來的對話：

『年輕人，你難道不認識自己的父親嗎？』歌者從高塔上問他。

『我今年十九歲，卻從沒看過自己的父親。我和母親獨自生活在森林裡，父親在我出生前就離開了。』

『年輕人，你先告訴我，你如何看待周遭的世界？』

『世界在日出與日落時非常美好，景色有如奇蹟般千變萬化。人類卻破壞了世間美景，讓彼此承受痛苦。』

高塔傳來了這樣的回應：

『你的父親離開你們，或許是因為他無臉見你，將你帶到這樣的世界。你的父親離開，是想為了你，讓這個世界變得更美好。』

『如果是這樣的話，我的父親相信自己有能力獨自改變這個世界嗎？』

『總有一天，所有父親會開始明白，是他們要為孩子生活的世界負責；總有一天，每個父親都會意識到，在他們將親愛的孩子帶到世界之前，必須先讓世界變得快樂，而你也要思考要給後代生活在什麼樣的世界。年輕人，告訴我，你選中的女孩什麼時候會生下孩子？』

『我住在森林裡，還沒有選中的女孩。那裡的世界很美好，我有很多朋友，但還沒遇過有女孩願意跟著我，進入我無法拋下的世界。』

『沒關係，你還沒遇到那位漂亮的女孩，但你還有時間為了你們未來的孩子，讓這個世界變得快樂一點。』

『我會努力做到的，就和我父親一樣。』

『你不再是小孩子了，你的身上流著好人、未來詩人和歌者的血液。對著人群訴說你身處的那個美好世界吧！讓我們一起歌唱，共同唱出未來美好的世界。』

『偉大的詩人與歌者啊，有誰能跟著你一起歌唱呢？』

『相信我，年輕人，你也可以這樣唱的。我先唱第一句，你再接著唱。只要勇敢地唱出來，我的詩人。』

「高塔上的祖爺爺唱起第一句，愉悅的聲音有如回音般在人群上方迴盪：

清晨醒來，晨曦對我微笑……

「這時在下方的人群中，突然傳來清澈嘹亮的聲音，仍不太有自信地接著唱：

四處漫步，鳥兒對我歌唱……

「父親每唱一句，兒子就會接下去，有時兩人還會合聲，唱出嘹亮又愉悅的歌曲：

這天永遠不會結束，
我的愛越來越強烈。

「年輕人找到了自信，欣喜若狂地繼續唱著：

依著陽光的道路緩緩前進，
我走到天父的樹林。
看到了道路，雙腳卻沒了知覺，
我的幸福不會有盡頭。
我記得曾經看過眼前的一切：
天空、樹木和花兒。
當時的我只看到一片哀愁與委屈，

而現在不一樣了，四處都是祢的身影！
萬物依舊，星星和鳥兒都是，
是我的心態不同了。
我不再悲傷，不再生氣，
我愛你們所有人！

「高塔上的歌者越唱越小聲，不久後再也沒有聲音了。他開始搖搖晃晃，但仍是撐起身子，對著大家微笑。到了最後，他聽見兒子的聲音越來越洪亮！兒子成了歌者，而他就站在底下。

「這首歌唱完時，站在高塔露臺上的祖爺爺對著人群揮手道別。為了不讓人群看到自己，他特意走下五層階梯。他越來越虛弱，開始失去意識，但仍盡力地聆聽。他聽到微風傳來了一個聲音，有位年輕貌美的女孩對著他的兒子——年輕的歌者——熱情地耳語：『年輕人，請讓我……讓我跟著你，我要跟著你到你那美好的世界……。』

「在這座封死的高塔裡，祖爺爺失去了意識，帶著微笑倒在石階上。他用盡最後一口氣，嘴唇顫抖地說：『家族將會延續下去。親愛的，妳會在一群快樂的孩子中找到幸福的。』

祖奶奶的心聽到了他的這段話。後來，我兩位祖爺爺的歌詞由詩人傳唱了幾千年。那首歌的文字和詞語組合，會自然而然地重現在各代、各國的詩歌之中，透過不同的語言發聲。這些簡單的文字帶有真理，能夠穿越各種教條，直到今天再度被人聽見。只要能用心體會這些文字，而不是靠理智解讀，就能從中得到許多智慧。」

「祖爺爺從高塔唱的其他歌中，也有什麼涵義嗎？為什麼他要為了唱歌而犧牲自己？」

「弗拉狄米爾，祖爺爺在歌中創造了許多意象，這些意象後來還創造出一個國家，並且維持了很久。這些意象幫助祭司——第一批祭司的後代——創造了許多宗教，在世界各國取得權力。但當他們出於貪婪地使用意象時，他們並不知道一件事：他們不知道如何讓意象永遠服侍自己，只要他們試圖讓意象屈就於他們的自負，這些意象就會失去力量；只要他們……」

「等一下，阿納絲塔夏，我不太明白妳說的意象。」

「弗拉狄米爾，請原諒我沒能解釋清楚。我現在會試著放鬆，整頓一下自己，有條理地告訴你所有科學的核心。這個核心叫做意象的科學，古今中外的科學都源於此。祭司把它分成了好幾個部分，在地下神殿中以口耳相傳的方式告訴後代，為的是將重要的知識永遠藏起來，企圖延續他們對世間萬物的統治。他們這麼努力地保守秘密，使得後代的祭司現在只得到千分之一的科學知識。然而，在剛開始的時候，祭司的情況是好很多的。」

「剛開始的時候是怎樣？從頭和我說起吧。」

「當然好！不知為何，我又興奮起來了。我會一一告訴你的。對科學的認識要從高塔響起的歌聲開始說起。」

18 他歌頌了生命的喜悅

「當祖爺爺在高塔上歌唱時，他的歌曲顯現了意象。底下聚集的人有詩人、歌者和音樂家，當時所有的祭司也端坐在人群裡面。他們深怕歌曲中的意象會揭露他們的惡行，說出祖爺爺被他們囚禁在高塔之中。然而，被高塔深鎖的祖爺爺不斷地歌頌喜悅。他創造了一個公正統治者的意象，人民可以與他開心地共處。他也創造了智慧祭司的意象。他接著描繪出一個人民安居樂業的繁榮國度。他沒有揭露任何人，而是在歌頌生命的喜悅。

「那些學習了十九年意象科學的祭司，比其他人都懂那位歌者在做什麼。他們一直在觀察群眾的表情，看著他們受到靈感激發的樣子。他們看到詩人們唸唸有詞，音樂家跟著歌曲輕輕地撥弄琴弦。

「祖爺爺在高塔上唱了兩天。祭司默默在心裡計算，這個人在大家面前創造了幾千年的未來。到了第三天，最後一首歌隨著破曉傳出——他與兒子的合唱。當他離開後，底下的聽眾也散了。

「大祭司若有所思地坐在原地許久，而靜靜站在一旁的祭司們，看到大祭司的頭髮和眉毛就在他們的眼前瞬間變白，參雜在灰髮之中。他隨後站起身來，下令打開塔門。塔門開了。

「詩人躺在石地上，沒了氣息。離他約兩公尺處有一塊麵包，可惜虛弱的他沒能碰到。在他的手與麵包之間，有隻小老鼠不斷地來回，發出吱吱的叫聲。牠一直苦苦哀求詩人，等著詩人伸手拿起麵包，分些給牠，牠自己卻不拿起麵包。牠在等待，希望詩人可以活過來。當牠看到一群人走進來時，牠趕緊跳回牆邊，然後跑向靜靜站著的那群人。牠在他們的腳邊停下，用牠的小眼珠子炯炯有神地直視他們的眼睛，但站在灰色石板上的祭司沒有注意到牠。牠又急忙地跑到小麵包塊旁。這隻小灰鼠著急地發出聲音，把小麵包塊拖到那位哲學家、詩人及歌者沒了動靜的手中。

「祭司們以最高的榮耀將祖爺爺葬於地下神殿，但他們把祖爺爺埋在石磚地板底下，不讓任何人注意到他的墓。大祭司在祖爺爺的墳上，披著斑白的頭髮說：『我們再也沒有人可以說，自己像你一樣瞭解如何創造偉大的意象。可是你沒有死，我們只是將你的身體下葬。

你創造的意象將會留在世上數千年，你就在這些意象之中。我們的後代將能透過靈魂接觸這些意象，或許在未來的世代，還會有人瞭解創造的本質，明白人類應該成為什麼樣子。我們必須創造偉大的學說，這將會成為秘密，流傳數千年，直到我們或我們的後代之中，有人發現，人類應將自己偉大的力量用在何處。』」

19 秘密科學

「祭司們創造了秘密科學。他們的學說叫做意象科學，其他所有科學都源自於此。為了隱藏核心的秘密，大祭司們將意象科學分成好幾部分，讓其他祭司以不同的方向思考，所以後來才會出現天文學、數學、物理學，以及其他多種科學，其中也包括神祕學。這些科學的出現都只是為了讓人類專注在枝微末節，而無法到達核心的教導。」

「但妳說的核心教導是什麼？那是什麼樣的科學？妳所謂的意象科學有什麼本質？」

「這種科學能讓人類加快思考速度，以意象的方式思考，在短時間內瞭解整個宇宙、穿越微觀世界，創造無形卻帶有生命的意象物質，再借助這些意象治理大規模的人類群體。許多宗教都是靠這種科學創立的。即使只是稍微瞭解其中的道理，都能擁有不可思議的力量，得以征服國家、推翻國王。」

「所以這表示一個人就能控制整個國家囉？」

「是的，可以，而且過程相當容易。」
「現代歷史學家知道任何類似的史實嗎？」
「知道。」
「快告訴我，我不記得有什麼類似的事情。」
「為什麼要浪費時間說明呢？你回去讀羅摩、奎師那和摩西[3]的故事，就會看到他們的創造，他們都是瞭解部分意象科學秘密的祭司。」
「嗯，好吧，我會去讀他們的事蹟的，但我要如何瞭解這種科學的本質？試著告訴我它的本質吧，他們三人從中學到了什麼？怎麼學到的？」
「他們學到如何以意象思考，就像我剛剛講的那樣。」
「妳是講過，只是我不明白，像數學或物理與這種科學之間有何關聯？」

3 羅摩（Rama），印度阿約提亞（Ayodhya）古城的王子，為印度教信奉的重要神祇之一；奎師那（Krishna），又譯為「黑天神」，為婆羅門教與印度教的重要神祇之一；摩西（Mose），在舊約聖經的「出埃及記」中記載為猶太人的民族領袖，普遍認為他是猶太教的創始者。

「精通這種科學的人，不需要寫出公式或描繪、創造不同的模型，就能用思想貫穿物質，直達原子核心，再去分裂原子，但這只是一種簡單的操作，為了瞭解如何控制人類的命運和不同國家的人民。」

「哇！我從來沒讀過有這種事。」

「聖經呢？舊約聖經裡就有一個例子，幾位祭司在比較誰能創造出最強的意象——摩西祭司對抗法老的幾位大祭司。摩西將手杖丟在眾人面前，將它變成了一隻蛇，而法老身邊的祭司也做了同樣的事情。接著，摩西的蛇吞食了其他的蛇。」

「這些都是真的？」

「對。」

「我以為是杜撰出來的，或是代表某種隱喻。」

「這不是虛構的故事，弗拉狄米爾，那場較勁就跟舊約聖經裡描述的一樣。」

「但為什麼他們要這樣彼此較勁？」

「為了看誰能創造足以擊敗其他意象的強大意象，摩西向大家證明了他是最強的，所以與他挑戰就沒有意義了。他們不再與他爭鬥，反而必須遵從他的要求。然而，法老不願聽從摩西的話，還試圖阻止以色列人跟隨摩西和他創造出來的意象，但是戰士沒有能力去阻止以色列人，因為他們跟隨的是最強的意象。有關後續的發展，你可以去讀以色列人是如何多次征服其他的部落和城市，還有他們如何創造自己的宗教和國家。法老的榮耀逐漸黯淡，但埃及祭司仍能創造出強大的意象，他們可預見創造的意象能在人民之中造成什麼效應，所以埃及在他們的治理之下，成了一個強盛的國度。

「在最近一次的全球浩劫後，有許多已知的國家建立，而埃及的盛世持續得最久。」

「等等，不對，阿納絲塔夏。大家都知道埃及是由法老統治的，他們的金字塔墓穴還保留至今。」

「法老表面上的確是掌權者，但他們的主要任務是將智慧統治者的意象具體實現，重要的決策不是由他們做主。法老如果想要掌握所有權力，國家就會立刻衰敗。每位法老首先都是由祭司選定後，從小跟著祭司學習，努力學習意象科學。唯有明白箇中奧妙，才能被指定為國王。

「當時埃及的權力結構，現在可以用這樣的方式描述：最上層的是秘密祭司，接著是負責教育和律法的祭司。國家是由各祭司階層代表所組成的議會來掌權，法老則依從他們的法律和指示去統治。地方領袖各自擁有不小的行政權，所以被視為是獨立的。這大致上和現在類似，現代很多國家都有總統和政府做為行政權，議會則如過去的祭司一樣制訂法律。唯一的不同在於，現在沒有任何國家的總統，有機會像過去法老向祭司那樣地學習。無論是議會、杜馬或國會，現在如何稱呼這些有如祭司的議員都無所謂，重點在於他們在立法之前，沒有機會學習。然而，當意象科學成為秘密時，這些立法者又能從何獲得智慧呢？所以很多國家才會變得如此混亂。」

「阿納絲塔夏，妳的言下之意是指，如果我們以古埃及的統治結構為基礎，現在的情況就會好一點嗎？」

「權力結構只能帶來很小的改變，更重要的是背後的精神。若真要說埃及的結構，埃及其實並非由這個結構、法老或甚至祭司統治的。」

「不然是誰？」

「古埃及的一切都是由意象治理，祭司和法老都得聽命於意象。由幾位祭司組成的秘密議會，先從古老的意象科學中取出法老的意象——公正的統治者，並以當時它呈現出來的樣子為準。秘密議會再來花很久的時間討論法老應有的行為舉止、外表裝束和生活方式，然後挑選一位祭司，讓他學習如何貼近這個意象。

「他們會試著在皇室中挑選王儲，但如果找不到外表或個性合適的人選，還可以從祭司之中推舉一位成為法老。這位由祭司擔任的法老，在眾人面前必須永遠符合預設的意象，特別是在人民面前出現時。每位民眾會感受到上方有無形的意象，然後依照自己的理解來行動。當大家開始相信意象，且意象受到大多數人愛戴時，每個人都會希望跟隨它，這樣國家就不需要建立龐大的監控和官吏制度。這樣的國家會越來越強盛繁榮。」

「但如果真是這樣，現在所有的國家就不能沒有意象，可是像美國和德國還是存在，而且強大呀，我們重建之前的蘇聯也曾是強國。」

「弗拉狄米爾，現在所有的國家都不能沒有意象，只有統治意象受到大多數人接受的國家，才能比其他國家繁盛。」

「所以現在是誰在創造意象呢？現在又沒有祭司。」

「現在還是有祭司，只是名稱不同，但他們越來越不瞭解意象科學了。現代的祭司沒有能力做出長遠且公正的計畫，無法訂下目標、創造一個值得尊敬的意象，一個能夠帶領國家邁向目標的意象。」

「阿納絲塔夏，妳在說什麼呀？我們蘇聯有什麼祭司和意象嗎？當時的一切都被布爾什維克[4]把持著，列寧、史達林先後掌權，再來是其他第一書記，接著還有政治局[5]。當時的宗教幾乎都被消滅，教堂也給毀了，而妳還說有『祭司』？！」

「弗拉狄米爾，你仔細看，蘇聯出現之前的政府叫什麼？」

「什麼意思？大家都知道是帝俄啊，革命之後接著走向社會主義，試圖建立共產主義。」

「但在革命發生以前，民間普遍嚮往著一個公平、幸福又先進的國家體制，遂揭發了舊有的體制。你可以看到先有新國家的意象，也有新領袖善待所有人的意象，還有每個人都過得很幸福的意象。是這些意象帶領著人民，號召他們對抗仍相信舊意象的人。吸引多數民眾參與的革命和後來的內戰，事實上是兩種意象的對抗。」

「妳說的當然也不無道理，唯獨列寧和史達林並不是意象，大家都知道他們是人，是國家的領導人。」

「你在說出這些人名的同時，覺得背後只是具有軀體的人，但事實上……或許你可以思考一下，就會明白完全不是這樣的，弗拉狄米爾。」

「為什麼不是這樣？我說了，大家都知道史達林是個人。」

「弗拉狄米爾，那告訴我，史達林是個什麼樣的人？」

「什麼樣的人？嗯……一開始所有人都以為他是個善良、公正的人。他喜愛小孩，他有些照片和畫像還是抱著小女孩的。許多上戰場的士兵會大喊『為祖國而戰！為史達林而戰！』史達林去世時，所有人都在哭。我母親常跟我說，他去世時，幾乎整個國家都在哭泣。他的陵墓還設在列寧旁邊。」

「所以說，很多人敬愛他，為了他而在你死我活的戰爭中殺敵囉？曾經有很多人寫詩獻給他，但現在的人怎麼說他？」

「現在的人認為他是個殘忍的暴君、殺人魔，他讓非常多人困於牢籠。他的遺體被移出陵墓、葬在土裡。他所有的紀念碑都被破壞了，包括他生前所寫的書也……」

「現在你懂了吧？在你面前有兩種意象。兩種意象，卻是同一個人。」

---

4 布爾什維克（the Bolsheviks），以列寧為首的俄國社會民主工黨派別，一九一七年發動十月革命並奪取俄國政權，一九五二年改稱「蘇聯共產黨」。

5 政治局（Politburo），全稱「蘇聯共產黨中央政治局」，為蘇聯共產黨的中央決策和領導機構。

「是啊，同一個人。」

「現在你會說他是什麼樣的人呢？」

「不確定，我說不準……妳可以直接告訴我嗎？」

「史達林既不是第一個意象，也不符合第二個意象，而這就是國家的悲劇所在。統治者和他的意象之間如果有很大的落差，國家就一定會發生悲劇。所有的混亂都源於此，混亂中的人民會為了意象而爭鬥。才在不久前，大家對共產主義的意象趨之若鶩，但在這個意象式微後，你和全國人民目前又在追求什麼？」

「我們正在建立……嗯，大概是資本主義或什麼吧，不過這樣我們才能和已開發國家的人民過一樣的生活，像是美國和德國。總而言之，我們能和他們一樣擁有民主、衣食無缺。」

「你把剛才說的國家意象，視為自己國家和公正統治者的意象了。」

「好吧，那就說是那些國家的意象好了。」

「但這就表示在你所在的國家中，祭司完全缺乏知識、沒有學問，他們沒有能力創造值得尊敬的意象，以自己的方向帶領群眾。通常在這種情況下，國家都會衰亡，數千年以來都是如此。」

「但我們可以和美國或德國這些國家過一樣的生活，這有什麼不好？」

「弗拉狄米爾，你仔細觀察你說的這些國家裡有多少問題。請你捫心自問：為什麼他們需要大量的警察和醫院？為什麼有越來越多的人自殺？在這些國家中，繁榮大城的民眾都去哪裡度假？他們需要越來越多的公務員替他們管理社會，這些都代表他們的意象也正在衰退。」

「所以說，我們正在追求他們衰退的意象？」

「是啊。如此一來，我們會暫時延緩這些意象的壽命。這些意象在你的國家摧毀了主導的意象之後，不會再有新的意象出現了，所有人會被其他國家的意象吸引。如果人人都崇拜它，那麼你的國家就不存在了，變成一個沒有自己意象的國家。」

「可是現在誰還能創造這樣的意象呢？現在又沒有祭司。」

「現在還是有人全心全意地創造意象，評估意象對群眾的吸引力，而且他們的評估通常很準。」

「我怎麼會沒聽過這些人？還是這是最高機密？」

「你和多數人一樣，每天都會接觸到這些人的行為。」

「在哪裡？什麼時候？」

「弗拉狄米爾，在你下次選新的國會議員，或從幾位候選人中選出一位領導人時——現在稱為總統，記住他們在人民面前所呈現的意象。他們的意象都是由以創造意象為業的人所創造的，每位候選人身邊都有一些像這樣的人。能當選的都是意象受大多數人喜歡的人。」

「怎麼會是意象？他們都是真實存在、活生生的人啊。他們親自參加競選活動，出現在選民面前，還會親自上電視發表演說。」

「是啊，他們會親自參與，只是都是有人建議他們該去哪裡、如何表現、要講什麼，才能符合多數人喜愛的意象，而且候選人通常會遵從這些建議。他們還有各種廣告，試著將他們的意象與改善所有人的生活連結起來。」

「是啊，會替他們打廣告。但我還是不太明白哪個比較重要：是想選為議員或總統的人本身？還是妳一直在說的意象？」

「人當然是最重要的，但你要知道，你在投票給某人時，你可能從沒見過本人，不清楚他的實際為人，你投的是他呈現在你眼前的意象。」

「但畢竟每位候選人還是有政見，選民是看政見投票的。」

「這些政見兌現的機率有多少？」

「選前提出的政見不一定都會實現，也有可能完全不會成真，因為會有別人帶著自己的政見阻礙他們。」

「一直都是這樣，創造一堆意象後，卻無法團結起來。沒有任何單一的意象能夠吸引所有人，帶領他們朝著目標前進。沒有意象，就代表沒有靈感。前方的路途茫茫，只剩下得過且過、混亂的人生。」

「到底誰能創造這樣的意象？都說現在已經沒有具有智慧的祭司了，而且妳祖爺爺傳授給祭司的意象科學，我也是第一次從妳這邊聽到。」

「再過不久，國家就會出現強大的意象。這個意象將能消弭所有的戰爭，人類對美好現實的夢想，會在你的國家誕生，然後傳遍全世界！」

20 基因密碼

阿納絲塔夏講得非常投入，她在描述地球上某個時期發生的事情時，有時開心，有時沮喪。她講的話有一些可信，有一些卻不怎麼真實。在我回家的路上，我突然想瞭解人類記憶的潛能，為什麼人類保存的記憶不只是從自己出生開始，還能從祖先出生，甚至是創世的第一個人開始。專家和學者已經為這個問題聚會了數次，我接下來就節錄幾位專家在圓桌會議上對此的看法。

一個尋常的物品能夠保存關於人類的訊息，許多人可能會覺得這很不可思議，但是如果你把錄音帶拿給一個從沒看過錄音帶、也沒聽過它的功能的人，並說明錄音帶可以記錄聲音和談話，一年或十年後還可以拿出來聽，對方一定不會相信你，覺得你在故弄玄虛。可是對我們而言，錄製及重現聲音，是一個再平常不過的事情。我想說的是，我們覺得難以置信的事情，對其他人而言反而稀鬆平常。

如果說，人類至今的任何發明都沒有比大自然的創造更真實、完美，那麼只能從無線電話和電視的存在，來證實阿納絲塔夏用來觀看遠方的光線。再者，我認為她所用的自然現象，要比我們人造的東西——像是現代電視和無線電話——還完美多了。

有些人可能連半年前的事情都記不太起來，有些人則還保留自己童年的記憶，還能侃侃而談，但在我看來，這離人類記憶的極限還相差得很遠。

我認為，只有少數的科學家會否認人類的基因密碼保留了數百萬年前的原始訊息，甚至還可以蒐集人生中的附屬訊息，或稱偶發訊息，然後傳給後代。我們熟悉的「這是遺傳」和「代代相傳」等說法就能證明這點。阿納絲塔夏能夠重現人類在數百萬年或數十億年前的景象，這種能力在理論上是可行且可以解釋的。不僅如此，這些景象離我們的現實越久遠，可能還會越準確。我認為阿納絲塔夏的記憶其實與多數人無異。更準確地來說，她基因密碼所保留的訊息並不比其他人多，唯一的差別在於，她有能力完全

「擷取」並加以重現，而我們只能做到部分。

上述和其他專家的言論不知為何說服了我，讓我相信阿納絲塔夏有能力描述過去的事實。我特別喜歡錄音帶這個例子。然而，受邀參加圓桌會議的學者仍然無法解釋以下這個現象：為什麼阿納絲塔夏不僅知道地球文明生活的訊息，還能得知其他世界和銀河的文明生活？不僅如此，她不是只是描述，似乎還能對其產生影響。我會試著按照順序描寫一切，或許至少有人可以在理論上解釋她的能力，瞭解其他人是不是天生也有這種能力。阿納絲塔夏曾跟我解釋過她是怎麼知道的，只是我不太明白。

總而言之，我會試著按照順序描寫接下來的這個情況。

21 我們睡覺時都去了哪裡？

阿納絲塔夏在描述地球文明時，好幾次提到，在宇宙的其他銀河中，有些星球存有生命。我對此實在太好奇了，所以在聽她講人類的過去時，腦中只想著其他星球上的生命是什麼樣子。

阿納絲塔夏想必是看到我對她的故事心不在焉，因此沒有再講下去，而我也沒有說話，因為我在思考，如何讓她多告訴我有關外星文明的事情，並且說得具體一點。我大可直接問她，但她每次只要無法解釋自己為什麼知道別人不曉得的事情時，就會變得有點不知所措。我覺得她是因為不希望自己看起來能力異於常人，所以並沒有每次都全盤托出。我開始發現，她會因為沒有辦法解釋某些現象的機制而感到難為情。當我直接問她以下問題時，她就有這樣的反應：

「告訴我，阿納絲塔夏，妳有辦法在空間中瞬間移動嗎？就是把自己的身體從一個地方移到另一個地方。」

「為什麼你要問我這個？弗拉狄米爾。」

「妳先具體地回答我，能還是不能？」

「弗拉狄米爾，人人都有這種能力，但我不確定自己可不可以解釋這個過程有多自然。如果我說的話，你又會遠離我，把我視為女巫，不喜歡待在我身邊。」

「所以說，妳辦得到？」

「辦得到。」阿納絲塔夏猶豫不決地回答我後低著頭。

「那就示範給我看，讓我知道怎麼辦到的。」

「我應該先試著解釋……」

「不用，阿納絲塔夏，先示範給我看。用看的總是比用聽的有趣，妳可以待會再解釋。」

阿納絲塔夏漠然地站起身來、閉上眼睛，身子稍微緊繃了一下後就消失了。我驚訝地看了看四周，甚至去感受她剛剛還在的地方，但只看到幾根被壓扁的小草，阿納絲塔夏不在那兒。後來我看到她站在湖的對岸，我看著她，卻說不出話來。她對我大喊：

「我要游過去嗎？還是再……」

「再一次！」我回答，同時盯著站在對岸的阿納絲塔夏，完全不敢眨眼睛，深怕漏看了什麼。她又突然不見了，消失在空氣之中，甚至沒有留下任何一絲煙。我仍目不轉睛地看著那邊。

「我在這裡，弗拉狄米爾。」阿納絲塔夏的聲音從我身邊傳來，她又站在離我一公尺遠的地方。我往後退了幾步，坐到草地上，試著隱藏我內心的驚訝和激動。不知為何，我腦中有個想法：「她會不會突然也想把我的身體弄不見，然後不把我變回來。」

「只有身體的主人才能把自己完全變不見，將身體分解成原子。這只有人類辦得到，弗拉狄米爾。」阿納絲塔夏先開口說話。

我知道她會先開始證明自己是人，所以為了不浪費她的時間，我說：

「我知道只有人類辦得到，但畢竟不是所有人都可以。」

「對，不是所有人，人必須有……」

「我知道妳要說『必須有純淨的思想』。」

「是的，純淨的思想，不過還要能以圖像的方式快速地思考，具體且仔細地想像自己、自己的身體和願望、堅強的意志、對自己的信任……」

「不用解釋了，阿納絲塔夏，別浪費時間。最好還是告訴我，妳可以把自己的身體移到任何地方嗎？」

「可以，但我很少這麼做。移到任何地方可能會非常危險，而且沒有必要。何必要移動身體呢？可以用其他方式……」

「為什麼會危險？」

「要非常準確地想像你要讓身體移到的地方。」

「如果想像不準的話，會發生什麼事？」

「你可能會失去你的身體。」

「怎麼失去？」

「舉例來說，你想把身體移到海底，卻可能被水壓壓垮或窒息；或者，你可能出現在城裡的馬路上，被來車撞到而殘廢。」

「那麼人也可以把身體移到別的星球嗎？」

「距離完全不是問題，身體可以移動到任何思想所指的地方。思想會先到達你想去的地方，然後重組、集結之前融於空氣之中的身體。」

「如果要讓身體融於空氣之中，我需要想什麼？」

「想像身體的所有物質，小至最細微的原子，再到原子核，觀察原子核中的粒子如何產生外表混亂的動作，然後透過思考將它們融於空氣之中。之後再以原來的順序，組合原子核中外表混亂的動作，精準地複製這個原子核。其實非常簡單，就像小孩玩積木那樣。」

「但在別的星球上，會不會沒有適合呼吸的空氣？」

「就像我剛剛說的，沒有仔細思考就移動是很危險的，需要三思而後行。」

「所以說不能到別的星球囉？」

「還是可以，可以把周遭的部分空氣一起移過去，讓身體生存一段時間。不過，大體上如果沒有特殊需求，最好不要移動身體。在大部分的情況下，用光線遙視遠方或只移動自己的第二個、非物質的『我』，這樣就足夠了。」

「太不可思議了！很難想像每個人曾經做得到這點。」

「為什麼是『曾經』？人的第二個『我』現在也能自由移動，而且確實在移動，只是人沒有給它任何任務，沒有為它訂下目標。」

「誰……哪種人可以這樣？什麼時候會移動？」

「現在大多發生在人睡覺的時候，其實人醒著的時候也能夠做到，但是因為每天忙亂的生活、各式各樣的教條，加上人為的各種問題，都讓人類一點一滴地失去控制自己的能力，失去透過圖像周全思考的能力。」

「大概是因為不帶著身體旅行比較無趣吧？」

「你為何會這麼想？就感受而言，最終的結果經常是一樣的。」

「如果結果是一樣的，大家就不會拖著自己的身體到世界各地旅行。旅遊業現在可是一門很有賺頭的生意。而且，我還是不太懂，什麼是人的第二個『我』，如果身體不在一個地方，那就表示人也不在那個地方，這點再清楚不過了。」

「弗拉狄米爾，先別急著下結論。我會舉出三個不同的情境，你試著回答這三人之中有誰真的在旅行。」

「我試試看，妳說吧。」

「第一個：想像自己或別人睡得很沉，然後被抬到擔架上，坐飛機到國外的城市，例如從莫斯科飛到耶路撒冷。到了當地後，這個人在沉睡中一路沿著幹道被載到教堂，然後原路返回，在原來的地方被放下。你覺得這個人真的從莫斯科到過耶路撒冷嗎？」

「妳先說另外兩個情境。」

「好，第二個人親自到了耶路撒冷，沿著幹道走進教堂，在裡面只待了一下就回來了。」

「第三個人呢？」

「第三個人的身體留在原地，但他有能力想像遠方的所有事物，彷彿在夢裡走遍了這座城市，去了教堂，也去了其他地方，然後也是透過思想，回到原來在做的事情。你覺得在這三個人之中，有誰到過耶路撒冷？」

「三個人之中只有一個人實際到過，就是那個親自踏上旅行、親眼看到一切的人。」

「就照你說的那樣吧，但就結果而論，他們從這次旅行中獲得了什麼？」

「第一個人什麼都沒得到，第二個可以描述自己看到的事物，而第三個……第三個或許也可以描述，只是他可能會搞錯，因為他說的是自己在夢中看到的東西，但夢和現實之間可能會有很大的落差。」

「但是夢這種現象也是事實。」

「是啊，夢的存在是種現象，也可以算是事實，但妳想說的是什麼？」

「我想說的是，有一件事你大概不會否認，那就是人一直都有能力結合或接觸兩個存在的事實。」

「我知道妳想說什麼。妳想說人可以控制夢，依著所想的方向做夢。」

「是的。」

「但要透過什麼才能做到？」

「透過思想的能量，這種能量有解放的能力，得以穿透任何現實的畫面。」

「所以這種能量可以像攝影機那樣，記錄其他國家的所有事情？」

「說得沒錯！攝影機可以粗略地證明這點。弗拉狄米爾，所以你現在可以下結論了：想要感受遠方發生的事情，不一定要用物質的身體出現在當地，是嗎？」

「大概是吧。不過妳為什麼要跟我講這個？是想證明什麼嗎？」

「我發現當你講到其他世界時，都會要我或請我帶你親眼看看。我想達成你的要求，可是不能讓你的身體陷入危險。」

「妳都猜到了，阿納絲塔夏，我確實想叫妳這麼做。所以其他星球真的有生命囉？哇，能親眼到那邊看看的話一定很有趣！」

「你想去哪顆星球遊覽？」

「什麼？很多星球上面都有生命嗎？」

「很多星球都有，不過都沒有比地球有趣。」

「其他星球上有什麼樣的生命？是怎麼出現的？」

「當地球以神聖的創造出現時，宇宙間許多元素也亟欲模仿這個奇蹟般的創造。它們想在其他世界利用自己覺得適合的星球進行創造，但是沒有元素可以創造出與地球類似的和諧生命。宇宙中有一顆星球全被螞蟻佔據，大量的螞蟻以其他的生命為食。當所有生命都被吃光時，牠們開始自相殘殺。所以創造這種生命的元素開始嘗試重新創造，但是結果都沒有比較好。沒有元素可以讓所有存在物和諧共處。

「這類元素還曾經並正在一些星球上，試圖創造類似地球的植物世界，它們也創造出來了。樹木、草和灌木生長在這些星球上，但這些植物在完全成熟後就會死亡。沒有任何宇宙元素能夠解開繁殖的奧秘。它們就和現在的人類一樣，現代人自行創造了很多人工物品，但這些東西都沒有辦法繁殖，反而會損壞、腐爛、破舊，需要不斷地維護。地球上大多數的人都變成自己創造物的奴隸，只有神的創造能夠繁殖，以豐富的多元性和諧共存。」

「阿納絲塔夏，宇宙間有任何星球的生命像人類一樣擁有科技嗎？」

「有的，弗拉狄米爾。那顆星球是地球的六倍大，生命的外表與人類類似。他們的科技是非天然的，不過遠比地球先進。在那顆星球上創造生命的宇宙元素認為自己與神類似，竭盡所能地想要超越神聖的創造。」

「跟我說，他們是不是有搭著太空船——飛碟——到過地球？」

「是的，他們曾多次嘗試與地球人接觸，但他們在地球上的接觸……」

「等一下，妳有沒有任何辦法帶我——我的第二個『我』——到那顆星球上？」

「有辦法。」

「那就帶我去吧。」

阿納絲塔夏接著請我躺在草地上放輕鬆，讓我把雙手敞開。她將一隻手的手掌貼在我的手心，沒過多久我就進入類似睡眠的狀態。我之所以說「類似」，是因為這次的睡眠很不尋常。我先是覺得身體越來越放鬆，最後甚至感受不到自己的身體，但我仍然可以清楚地看到並聽到周遭的一切：鳥兒的歌唱和葉子的窸窣。接著我閉上眼睛，進入睡眠（或阿納絲塔夏所說的「分離」）。但是直到今天，我還是搞不清楚，自己接下來發生了什麼事、是怎麼發生的。如果說，我是在阿納絲塔夏的幫助下睡著、做夢，那麼我的完整感受，以及帶著清楚意識所見的一切，都無法和一般人的夢境相比。

22 其他世界

我看到了其他世界、其他星球。我能清楚地想起星球上發生的所有細節，但在我的意識裡，又有感覺告訴我，這些是不可能看到的。你們想像一下，理智和意識都告訴我不可能看到，可是我至今仍會想起那些畫面、景象。我現在就要試著寫下來。

我站在與地球類似的土地上，周圍完全沒有植物生長。我所謂的「站」，其實很難說可不可以這樣描述，因為我並沒有腿、沒有手，也沒有身體，可是我又能感覺到自己踏出的每一步，腳掌感受到充滿石子而凹凸不平的地表。

在我四周的視線範圍內，地表上矗立著多個金屬的蛋型機器，以及像方塊的立方體機器。我用「機器」這個詞，是因為最靠近我的那台發出了隆隆聲。每台機器都有很多條粗細不同的管線接到地上，有些管線會微微震動，彷彿在從地上抽取什麼東西，有些管線則是沒有動靜。附近沒有任何生物存在。突然間，我看到一台奇怪的裝置從側面打開了門，裡頭緩緩飛出一個類似運動員丟擲的盤狀物，只是大很多，直徑約有四十五公尺。它在空中盤旋，然後開始旋轉。稍微降低高度後，再飛過我的頭頂，完全沒有發出聲音。遠處的其他裝置也是一樣，一個接一個地飛過我的頭頂，跟著第一個的方向前進。接著又是一片寂靜，只有那些奇怪裝置的隆隆聲和劈啪聲。周遭的景象引起了我的好奇，但應該說是對這裡的毫無生氣產生恐懼。

「別害怕，弗拉狄米爾。」突然聽見阿納絲塔夏的聲音，讓我安心了不少。

「妳在哪裡？阿納絲塔夏。」我問她。

「在你旁邊。我們是無形的，弗拉狄米爾。現在這裡只有我們的感受、感官感覺、理智和其他所有無形的能量，這裡的我們沒有物質的軀體。沒有人可以對我們做任何事，唯一要注意的是我們自己，還有我們感受的後果。」

「會有什麼後果？」

「心理層面的，像是暫時發瘋。」

「發瘋？」

「對，不過是暫時的。大約會有一兩個月的時間，其他星球的景象會一直存在，擾亂人的思緒和意識。不過不要擔心，你不會有危險的，你承受得了的。在這裡什麼都別怕，相信我，弗拉狄米爾。你要知道自己真的在這裡，但他們並不知道。現在我們是無形的，可以穿透所有東西。」

「我不害怕，但妳最好還是告訴我，周圍這些發出隆隆聲的機器是什麼吧，它們是做什麼用的？」

「這裡每台蛋型機器都是一座工廠，負責製造你有興趣的『飛碟』。」

「這些工廠是由誰維護、管理？」

「無人管理，這些工廠一開始就已經設定要製造特定的產品，這些管線深入地下，抽取所需數量的原料，在不同的小隔間中進行熔煉、壓模、組裝，然後送出成品。這種工廠的效率遠高於地球的任何工廠，而且不會產生廢料，不需要大老遠將原料運過來，也不用將個別零件送到組裝台，所有製程都集中在一處。」

「太神奇了！我們應該也要有這種玩意兒！不過這些新穎的『飛碟』是由誰控制？我看到它們都往同一個方向飛去。」

「沒有人控制，飛碟會自行飛到貯存場。」

「真是不可思議，就像生物一樣。」

「這沒有什麼好不可思議的，地球的科技也辦得到，畢竟地球上也有無人飛機和火箭。」

「這些無人機還是由地面上的人來控制的。」

「地球很早以前就有這種火箭了，只要事先設定特定的目標，接下來只要按下發射鈕，火箭就會自行啟動，飛到特定的目標。」

「或許是吧。說真的，我幹嘛這麼驚訝？」

「如果仔細想一想，就會發現這沒什麼好驚訝的，只是和地球的科技比起來，這裡的要先進許多。弗拉狄米爾，這些工廠有很多用途，可以製造的東西很多，從食品到強力武器都可以。」

「食品是怎麼做的？這裡又沒有任何作物。」

「全部都在地底，機器會在必要時經由管線從地底抽取所需的汁液，然後壓縮成顆粒。這些顆粒含有身體維生所需的所有物質。」

「這些玩意兒靠什麼發動？電是由誰提供的？我沒看到任何電線。」

「這些機器會利用周圍的資源，自行產生能源。」

「看吧，太聰明了！比人類還聰明。」

「一點也沒有比人類聰明，這些只不過是機器，照著預先設定的程式運作，要重新設定也很容易。你要我帶你去看這是怎麼辦到的嗎？」

「好。」

「那我們靠近一點。」

我們站在離一台九層樓高的大型機具旁一公尺處，裡面的劈啪聲聽得更清楚了。大量管線如有彈性的觸角般伸入地表並震動著。機具的表層並非完全光滑。我看到有個直徑約一公尺的圓形區域，佈滿了如髮絲般的細小導線，而且每一條都在震動。

「這些是掃描裝置的天線，可以擷取大腦的能量脈衝，然後建立程式來完成指定的任務。如果你的大腦模擬出某個東西，機器就會製造出來。」

「任何東西？」

「任何你可以清楚想像的東西，就像是用思考進行建造。」

「任何車也行？」

「當然。」

「現在可以直接試嗎?」

「可以，請靠近接收訊號的地方，先用你的思想讓所有髮絲般的天線指向你。一旦完成後，開始想像你要的東西。」

我站在細如髮絲的天線旁邊，心中燃起一股好奇心，像阿納絲塔夏說的那樣，用想的希望所有天線聽我的命令。天線首先朝我的方向移動，接著全部開始微微震動，末稍指著我無形的頭部，然後靜止不動。現在我要開始想像某個東西。不知為何，我想到我在新西伯利亞開的第七代日古利汽車[6]。我開始回想汽車的每一個細節：車窗、引擎蓋、保險桿、顏色，甚至還有車牌。我花了很久的時間回想，想到不想繼續時才後退幾步。巨大的機器突然發出更大的聲響。

「我們要等一下。」阿納絲塔夏解釋，「機器要先拆除還沒完成的產品，然後設定程式來實現你的想法。」

「要等很久嗎?」

「我想應該不會。」

我們走去看了其他機器，而當我正在觀察腳下五顏六色的石頭時，我聽見阿納絲塔夏的聲音：

「我覺得你想的東西應該完成了，我們過去看看吧，看看處理得如何。」

我們回到原本的那台機器開始等待。過了一會兒，門打開了，一輛日古利汽車沿著平滑的輸送帶運到地上。然而，在我面前的卻是一個怪東西，遠不及地球上汽車的美麗樣貌。首先，只有駕駛座有車門，而且還沒有後座，只有一捆捆的電線和橡膠塊。我繞著成品走了一圈，或說是移動了一圈，發現這根本稱不上是汽車。

從汽車的右側看少了兩顆輪胎，前面也沒有車牌和保險桿。引擎蓋看起來也打不開，因為它和車身是連成一體的。總而言之，這個特殊工廠製造出來的不是汽車，而是某種用途不明的四不像。

我開口說：

「真是的，這是什麼外星工廠製造的東西啊！如果這在地球上，所有工程師和設計師都要被解雇了。」

---

6 日古利（Zhiguli）為俄羅斯國產車系，已於二〇一二年停產。

阿納絲塔夏笑了出來，用她的聲音回答我：

「當然會被解雇，可是這裡的主要設計師是你，弗拉狄米爾，你看到的正是你的設計成果。」

「我想要的是正常的現代汽車，但是這台機器吐出了什麼東西啊？」

「光是想要是不夠的，所有最小的細節都要想到。你在想像時沒有把乘客車門包含進去，只有想到自己的車門，連輪胎也只想到你那邊的而已，忘記把另一邊的輪胎加上去。我想你也忘了引擎吧。」

「的確忘了。」

「表示你的設計也沒有引擎。所以說啊，如果是你自己設定這種不完整的程式，怎麼還可以譴責製造廠呢？」

突然間，我看到——或是感覺到——有三台飛行器朝著我們飛來。「快離開這裡！」這個想法在我腦中閃現，但阿納絲塔夏的聲音又使我平靜了下來：

「它們不會發現我們，而且也感受不到我們，弗拉狄米爾。它們是收到工廠運作異常的訊息，現在大概是過來調查的。我們可以靜靜觀察居住在這顆星球上的生命。」

五名外星人從三台不大的飛行器中走了出來，他們長得很像地球人。不只是像而已，他們所有的特徵都和地球人一樣。他們的體格勻稱，不會彎腰駝背，運動員般的身體將他們漂亮的頭部挺得直直的，一副神氣的樣子。他們的頭上也有頭髮，臉上有眉毛，其中一人還留著修剪整齊的鬍子。他們身穿有各種顏色、完全包覆身體的薄緊身衣。

外星人走向工廠製造出來的汽車，或者應該是說，像地球汽車的東西。他們靜靜地站在一旁，臉上毫無情緒地看著。「大概在想那是什麼吧。」我心想。

他們其中一位看起來最年輕且一頭淡褐色頭髮的外星人，走向車門試著打開。車門卻一動也不動，上面的鎖大概是卡住了。他接下來的動作完全是地球人會做的，這讓我感到欣喜。淡褐色頭髮的年輕人拍了拍車鎖，然後用更大的力氣把車門拉開。他坐上駕駛座，手握著方向盤，開始仔細檢查儀表板上的裝置。

「好小子！」我心想，「真是聰明。」當我下這個結論時，我聽到阿納絲塔夏說：

「依照這個星球的標準，他可是相當頂尖的科學家，弗拉狄米爾。他在科技方面的思考很快且有邏輯，而且他正在研究一些星球上的生活方式，包括地球在內。他還有一個很像地球人的名字，叫做阿爾坎。」

「為什麼他看到工廠製造異常產物時，臉上沒有驚訝的表情？」

「這顆星球上的居民幾乎沒有感覺和情緒，他們的頭腦是以邏輯運作而沒有起伏，不會出現情緒的迸發，或偏離指定的目標。」

淡褐色頭髮的外星人走出車外，發出類似摩斯密碼的聲音。一位年長的外星人往前走了幾步，站在我剛剛站的地方，如髮絲般的天線旁。他們接著就坐回飛行器消失了。

剛才按照我的設計製造汽車的工廠，現在又開始發出隆隆聲。觸角般的管線從地底拔起，指向最近的一座同類型自動化工廠。那座工廠也開始伸出觸角般的管線。當所有管線接合後，阿納絲塔夏說：

「你看，他們設定了自我毀滅的程式，這座工廠所有異常的組件都會被另一座工廠熔解，再用於生產。」

我對這座機器人工廠感到有些惋惜，畢竟它替我製造了地球的汽車，雖然不是那麼成功。然而，我也束手無策。

「弗拉狄米爾，你想看看這裡居民的日常生活嗎？」阿納絲塔夏提議。

「當然想。」

我們到了這個巨大星球的一座城市（或說是聚落）上方，從高處往下看的景象是這樣的：

在我的視線範圍內，這個聚落是由多個類似現代摩天大樓的圓柱體建築組成，這些建築圍成好幾圈。每一圈的中間都有較矮的結構，有點像是地球上的樹木，就連大多數的葉狀探測器也是綠色的。阿納絲塔夏和我說，這些都是非天然的結構，會從地底汲取生物體維生所需的物質成分，然後透過特殊管線分送到每個居民的家中。不僅如此，這些在圓圈中央的結構還能維持星球所需的大氣。

當阿納絲塔夏提議參觀其中一間房間時，我問她：

「可以參觀那位淡褐色頭髮、坐到我車上的外星人的房間嗎？」

「可以。」她回答，「現在這個時候，他剛好要回家。」

我們幾乎到了一棟圓柱體摩天大樓的最頂端，這棟外星大樓沒有任何窗戶，弧形的外牆有許多淡色的方格，每個方格底下都是可以往上捲動的門，就像現代的車庫那樣。方格底部的門偶爾會打開，飛出類似剛才在工廠附近看到的小飛行器，然後按照各自的方向飛走。原來在這棟大樓中，每戶底下都有不大的「車庫」停這種飛行器。

大樓沒有電梯或大門，每戶各自設有與車庫直接相通的門。後來我也得知，這顆星球的每個居民到了一定年齡，都可以領到像這樣的一間套房。

我一開始並沒有很喜歡套房本身。當我們跟著褐髮外星人進到房間時，我對內部的貧乏與簡約感到訝異。約三十平方公尺的房間裡空空如也，不僅沒有窗戶或隔間，就連最基本的家具都沒有。光滑明亮的牆面沒有任何架子或擺飾用的圖片。

「他才剛領到這間房間嗎？」我問阿納絲塔夏。

「阿爾坎在這裡住了二十年，房裡休息、娛樂和工作的設備都有。所有必需品都安裝在牆內，你等一下就會看到。」

的確，當褐髮外星人從地下車庫上來時，天花板和牆壁開始發出淡淡的光線。阿爾坎將臉面向入口旁的牆壁，把手掌貼在牆上並發出聲音，接著牆面亮起一個面板。

阿納絲塔夏當場解說房裡發生的所有事情：「電腦正在辨識屋主的掌紋和眼球掃描。電腦正在歡迎他，告訴他離開了多久，並通知他需要做健康檢查。你看，弗拉狄米爾，阿爾坎把另一隻手放在操控面板上，深深地吐了一口氣，這是為了讓電腦檢查他的身體狀況。現在檢查完了，螢幕上出現訊息，告訴他要吃綜合營養品。電腦正在問屋主，接下來的三小時打算要做什麼。

「電腦必須知道這個資訊，才能為他準備適當的綜合營養品。阿爾坎要求可以在接下來的三小時，將腦力活化到最大程度的綜合營養品，在那之後他打算睡覺。

「電腦不建議他從事消耗腦力三小時的活動，而是建議服用算好可以維持兩小時十六分鐘工作量的成分。阿爾坎同意了電腦的建議。」

牆上打開一個小凹間，阿爾坎從中拿出一條彈性管，把一端貼近嘴巴喝了（或說是用吃的）管子裡的東西，然後走到對面的牆。連接管子的凹間關了起來，螢幕也暗了下來，剛才外星人站的那面牆又變得光滑、單調。

「哇！」我心想，「有了這種科技，就不需要廚房了，所有的廚房設備、碗盤和家具都不需要，更可以不用打掃。妻子也不需要很會煮飯，不用去商店買東西。電腦還會同時檢查健康狀態、準備必要的飲食，給予任何建議。我很好奇，這樣的電腦如果是在地球上製造，要多少錢才買得到。」阿納絲塔夏立刻跟我說：「說到費用，每間房間裝設類似裝置的費用，都比把廚房塞滿家具和一堆做飯用的設備還便宜。他們所有方面都比地球人理性許多，不過地球上的合理性還是比這邊多出很多。」我沒注意到阿納絲塔夏最後那句話，我的心思都放在阿爾坎後來的動作。他繼續發出語音指令，然後房裡發生了這樣的事：

牆壁的一部分突然出現一張正在充氣的扶手椅，然後旁邊打開了另一個小凹間，裡面伸出了一張小桌子，上頭放著一個類似實驗燒瓶的半透明密封容器。對面的牆上亮起一個對角線約一點五到兩公尺長的大螢幕，螢幕上有位漂亮的女人穿著緊身連身衣，坐在扶手椅上，雙手拿著一個與阿爾坎桌上類似的容器。她的影像是立體的，畫質比我們的電視好很多。她彷彿不是在螢幕裡，而是直接坐在房間裡。阿納絲塔夏解釋，阿爾坎和坐在他面前的女人是要「製造小孩」：「這顆星球的居民沒有足夠的感受力量，無法像地球人那樣進入親密關係。雖然外表上看起來他們的身體和地球人沒有不同，但是缺乏感受讓他們無法像地球人那樣繁衍後代。你現在看到的試管裡裝著他們的細胞和荷爾蒙，男女雙方會想像他們希望未來的孩子長什麼樣子，然後用他們的思想把他們擁有的訊息傳給孩子，並討論孩子未來要參與的活動。這個過程大約要花上地球三年的時間。當他們認定孩子的形塑過程完成時，就會在特殊實驗室中把兩個容器的內容物結合在一起，把小孩製造出來。接著小孩會在特殊的育兒學校長大，直到成年。一旦到達社會的成年年齡，就會獲得一間房間並被指配到某個團體工作。」

阿爾坎一會兒看著螢幕上的女人，一會兒看著眼前裝有液體的小密封容器。突然間，牆上的內嵌螢幕暗了下來，但這位外星人仍坐在扶手椅上，眼睛盯著前面桌上裝有自己後代粒子的容器。前面的牆這時亮起了紅色方格，外星人轉到側面，用手掌遮住閃爍的燈光，把頭更靠向容器。此時，天花板閃起了新的警示方格和三角形光線。

「電腦為阿爾坎分配的清醒時間過了，電腦正在不斷地提醒他該睡覺了。」阿納絲塔夏解釋。

但是這位外星人仍把頭靠向燒瓶，將它緊緊地握住。

天花板和牆上的光線不再閃爍，房間開始充滿了某種類似蒸氣的氣體。阿納絲塔夏解釋：「現在電腦要用氣體讓阿爾坎睡著。」

外星人的頭開始緩緩地倒向桌子，過沒多久就趴在桌上閉上眼睛了。扶手椅開始往外延伸，最後變成一張床。接著，床開始左右搖擺，讓睡著的外星人掉在舒適的床上。

阿爾坎睡著時，還將小容器緊緊握在胸前。

在這間令人驚訝的房間，以及整個巨大星球上，還有很多科技的完美成就值得一提。根據阿納絲塔夏的說法，住在這顆星球上的居民不怕任何外來入侵，甚至還能借助自己的科技成就，毀掉宇宙中任何星球的生命，但是地球除外。

「為什麼？」我問，「意思是說我們的飛彈和武器可以反擊嗎？」

她回答：「他們不怕地球的飛彈，弗拉狄米爾。這顆星球的居民很久以前就知道所有的爆炸衍生物，並且對內爆很熟悉。」

「內爆是什麼？」

「地球上知道，當兩個以上的物質結合而發生瞬間反應時，會膨脹並爆炸，但有另一種反應和兩個物質的接觸不同。一個體積一立方公里或更大的氣態物質，可以在瞬間內壓縮成像豌豆的大小，變成堅硬無比的物體。你想像一下，有手榴彈或飛彈在這種氣體裡爆炸，但同時有另一股力量與爆炸抗衡，也就是內爆同時發生。這時你只會聽到啪啦一聲，氣體裡所有的物質會變成一顆豌豆大小的石頭。地球上的飛彈無法承受這種氣體的包圍。

「在地球歷史上，他們曾兩度來過——或說是入侵——地球，現在準備再來一次。他們認為適當的時機又到了。」

「所以說，地球上如果沒有比他們更厲害的武器，我們就沒辦法反抗他們嗎？」

「我們有這樣的武器，叫做『人的思想』。即使只有我一人，也能將他們將近一半的武器化為塵土，消散在宇宙之間。如果可以找到幫手，就能一起將他們的所有武器摧毀。但問題是，地球上大多數的人，以及幾乎所有的政府，都認為他們的入侵是好事。」

「大家怎麼會認為別人入侵、攻擊是好事？」

「你等等就會看到了。你看，這裡是他們準備登陸、征服地球大陸的入侵中心。」

23 入侵中心

當然，我期待看到的，是能夠征服整個星球的超級星際科技，但映入眼簾的卻是……我想我們俄國、美國和其他軍事專家都沒想過，竟然有這種武器，能夠如此輕易地征服他們應當保護的領土。各位親愛的讀者，在你們讀下去之前，先試著想像入侵地球的外星入侵中心應該會有什麼設備，再看看實際上是什麼樣子。入侵中心的外觀是這樣的：

一間巨大的方形房間，每一面都是我們地球上的國會內部，而且是以實際大小打造而成。我在其中一面看到國家杜馬和克里姆林宮的總統辦公室，對面是美國國會的內部和白宮的總統辦公室，另外兩面則是幾個政府機關的辦公室，看起來是在亞洲國家。國會椅子上坐著我們地球上的國會代表、議員和總統。我先是觀察我們俄國的國會議員，他們和我在電視上看到的熟悉臉孔一模一樣，只是都像木乃伊那樣毫無動靜。看不太出來他們是由什麼做成的，大概是玩偶、立體投影、機器人或其他東西。

巨大的房間中央有個平台，上面約有五十個外星人坐在椅子上。他們身上穿的不是平常的連身衣，而是我們地球人的套裝。他們正在聽前面的人說話，大概是他們的主任教官或某個長官吧。

阿納絲塔夏解釋，我看到的是其中一支登陸部隊，他們正在接受例行訓練，為與地球政府的互動做準備。他們會研習地球上最通行的語言，以及人類在各種情況下的行為舉止，而且特別著重於如何與地球政府和立法機關接觸，希望能透過這個管道，影響地球的所有人口。對他們而言，口語對話並不困難，只是因為他們少了某些能夠激起外在情緒的感覺，所以要學會地球人的手勢和表情特別困難。而且，他們的理性思考完全無法理解地球政府的治理體系。即使他們找來星球上最棒的人才和最先進的技術，仍然無法猜透一些難題，例如：地球上都有電腦科技和一堆專屬的科學機構了，為什麼各國的立法機關還是不知道自己的決策會造成什麼結果？他們相信只要有某種分析中心，就幾乎能精準地模擬所有決策帶來的社會影響，而地球上已具備這種分析中心需要的所有條件了。然而，地球上的每個政府官員、立法人員在決策上都是各自為政。在沒有獲得足夠資訊的情況下，每個政府官員卻得做到強大的分析中心機能，還要計算出自己同事、敵人和朋友的行為後果。

還有一個玄疑到令外星人猜不透的問題，那就是為什麼地球人都不訂下追求的目標。他們都想獲得什麼，但實際上是什麼，仍是個很大的謎題。雖然如此，外星人還是依據地球社會的目前需求，籌劃了入侵地球大陸的計畫。為了實現這項計畫，他們會開始透過各國政府向地球人提出建言，而且他們的提議會被欣然接受。

當我問阿納絲塔夏，她為何如此確定地球政府會接受時，她回答我：

「這是他們分析中心計算出來的結果。他們的結論是對的：現代大多數地球人的意識程度，會將外星人的提議視為宇宙智慧的至高人性展現。」

「什麼提議？」

「可怕的提議，弗拉狄米爾，我不喜歡說這個。」

「至少告訴我重點吧，畢竟我很好奇，是哪種可怕的提議竟會被妳我住的地球欣然接受。」

「外星人計劃先派三架飛行器的小隊登陸俄國領土，然後對著包圍他們的軍隊表示希望與政府談合作事宜。他們會向軍隊表明自己是宇宙最高智慧的代表，並且展示他們優越的科技。

「軍方、學界和政府開會討論後，大概會在十四天後邀請他們說明提議，但首先必須檢查與他們溝通是否安全。

「外星人會同意接受檢查，並以書面和影像的形式說明提議。書面用字和現代公文非常類似，只是內容會極其簡單。

「內容大概會是這樣：

我方為外星文明之代表，擁有優於銀河其他智慧生物的最高科技發展，在此將地球人視為我方在智慧方面的兄弟。

我方已準備好與地球社會分享多個科學領域和社會制度的知識，並提供我方的科技。

請過目我方的提議，從中挑出最適合的方案，來改善地球每一社會成員的生活。

「接著就是各種具體的提議，主旨最後會是這樣：

「外星人會提供自己的科技，保證所有國民領有綜合食品，為每個達到成年的人迅速建造住家——就是你剛才看過的那種房間，只是功能沒這麼多。舉例來說，他們會將自己的微型工廠引入國內，把外星人的工廠與現有工廠整合，但大約在五年後，地球的所有科技都會被淘汰，換成更先進的科技。每個希望工作的人都保證有工作。除此之外，為了維護設備的運作，每個地球人都必須付出最低限度的勞動。

「與外星人簽約的國家將會受到完全的保護，不會遭到其他國家的武力侵犯；在採用新社會制度及科技輔助生活的社會中，將不會有任何犯罪。在配給你的房間裡，你需要的一切只會聽從你的語音指令，對你特有的音色做出反應。每天在你用餐之前，房間的電腦會依據你的眼球、吐氣成分和其他參數，判定你的身體狀況後開出綜合食品的適當成分。

「個人房間裝設的電腦都會連到主機，因此可以定位每個人的位置，檢視他們的身體和心理狀況。任何犯罪都可藉由主機的特殊程式輕易地揭發，且不會再有社會因素導致犯罪。

「外星人則預計要求政府，允許他們將自己文明的代表安置在人煙稀少的地區——通常是森林，並且讓居民有權利以自己的土地交換高科技的房間，以及為這些想要交換自己土地的人提供終生照護。

「政府會答應這樣的要求，因為他們認為自己仍保有完整的權力。一些教派會開始宣傳這些外星人是神的使者，因為他們不否認地球上的任何宗教。而不相信外星人具有神性完美的宗教領袖，會發現自己無法與他們抗衡，因為在簽約的國家裡，大多數的人都會接受他們。其他國家會開始尋求與他們合作。在他們登陸地球的九年後，新的生活方式會迅速地植入所有大陸、所有國家。所有媒體會宣傳新的科技成就和社會制度。大多數人會將這些宇宙智慧的代表視為更高智慧的兄弟，將他們視為神祇般讚揚。」

「讚揚是有原因的。」我對阿納絲塔夏說，「地球上不會再有戰爭、犯罪，這樣又沒什麼不好，而且每個人還有房子、食物和工作。」

「弗拉狄米爾，難道你不知道，只要人類接受了外星人的條件，就等於是否認了自己非物質、神聖的『我』嗎？它會自我毀滅，到時你就只剩下物質的軀體。弗拉狄米爾，每個人會越來越像生物機器人，而且繁衍的後代都會是生物機器人。」

「但為什麼會這樣？」

「所有人每天會被迫服務那些看起來在服務他們的機器。全人類會掉入陷阱，犧牲自己的自由和孩子，只為換得人造科技的完美。不久後，許多地球人會直覺意識到自己所犯的錯誤，然後開始以自殺了結生命。」

「真奇怪，他們還會缺什麼？」

「自由、創意和感受，這些都是只有與神聖的創作共同創造時才有的。」

「那麼如果各國議會和政府不願與外星人簽約，會有什麼後果？他們會開始消滅人類嗎？」

「如果是這樣，外星人會用理智尋找其他方法，讓所有人掉入陷阱。消滅人類對他們而言沒有意義，畢竟他們的目標是瞭解地球上所有創造之間的關係，以及是哪種力量促成繁衍。如果沒有人類，這些都無法達成。在地球創造物之間環環相扣的和諧之中，人類是其中最主要的核心，就連太陽的光線，也是許多人再生的部分能量和感受。地球人現在的意識對外星人並不構成威脅，而且已有很多地球人試圖幫助他們了。」

「怎麼會？我們有誰在幫他們？所以說人類之中有叛徒？在替他們賣命？」

「那些人是替他們賣命，但他們不是叛徒。他們與外星人同謀並非出於自願，但也不是惡意或存心如此。主要是因為他們對自己沒有信念，不相信神的創造是完美的。」

「這之間有什麼關係？」

「很簡單，一旦人認為自己不是完美的創造，突然開始想像其他星球上有更高智慧的生物，這樣的想法本身就會滋養那些生物。人類開始貶低自己神聖的力量，不把力量歸於神聖的創造。他們已經知道如何將人類思想和感覺所產生的能量，匯聚成單一的複合體，並且為此感到驕傲。你看，那群外星人面前有個容器，裡面的發光液體一下變成氣體，一下變成固體。他們沒有比這個小容器中的東西更厲害的武器了。他們之後會把內容物分裝到多個扁平的小容器中，容器的其中一面會做成特殊的反射面。他們的胸前會掛上這樣的裝置，那些坐在你面前的，全部都已經戴上了。當這種裝置對著人類射出光線時，可以讓人類產生恐懼、崇拜或仰慕的感覺。這不僅能消滅人的意志，還能癱瘓他們的意識和身體。這種光線含有多數人的想法：認為宇宙中有生物優於人類——神的創造——的想法。一旦將這些思想凝聚起來，便可拿來對付人類。」

「所以說，當我們覺得他們比我們聰明時，就是在給他們力量嗎？」

「對，比我們聰明，就表示比神聰明。」

「這和神有什麼關係？」

「我們都是祂的創造。當我們認為銀河中有更完美的世界時，就表示我們覺得自己不完美——神的不完美創造。」

「天啊！他們已經在外星世界中匯聚很多這樣的能量了嗎？」

「你面前的容器已經足以征服地球約四分之三人口的心智，控制人類的感覺。他們覺得這樣已經綽綽有餘。他們之後就要讓整個地球文明臣服於他們，壯大自己的勢力。」

「所以現在沒有任何對策嗎？」

「有，如果我們不怕風險，趁他們沒有防備時做些什麼。畢竟人類完整的感覺群體，即使只有一個人的，始終都會比他們強大。思想可以加速，到達的速度是那些沒有感覺的外星人不知道的。只要有其他更明亮、更有自信且更完美的思想能量，就能中和容器裡收集的所有能量。」

「阿納絲塔夏，妳有辦法中和容器裡的所有能量嗎？」

「我可以試看看，但我必須把我的身體帶到這裡。」

「為什麼？」

「感覺群體在沒有身體的情況下不會完整，物質是人類的存在層面之一。有了它，人類才會比宇宙元素更有力量。」

「不如現在行動吧，打破那個容器。」

「我現在就試著做點什麼，但不需要打破容器。」

突然間，我看到阿納絲塔夏的軀體在我面前，一切就和森林裡的一樣，她穿著短衫和裙子。她赤腳站在地板上，接著忽然不急不徐地走向坐在發光液體前面的外星人。他們看到了阿納絲塔夏，但這些毫無情感的外星人臉上沒有露出一點情緒，只是坐著一動也不動。過了幾秒後，所有人才開始有動作，他們彷彿收到某人的指令，突然起身握住胸前的徽章。所有徽章射出光線，全部照向朝他們走近的阿納絲塔夏。

她停了下來，搖晃了一下，往後退了一小步後站穩身子。她臉上帶著微笑，繼續緩慢而充滿自信地赤腳前進。

外星人徽章發出的光線越來越亮，匯聚成一道光芒射向阿納絲塔夏，看起來像是會把她身上的衣物瞬間燒成灰燼。但阿納絲塔夏仍繼續往前走，接著她突然伸出雙手。有些光線照到手掌後反射消失，剩下的光線接著開始變弱。

外星人和剛才一樣站著不動。阿納絲塔夏這時走向容器，兩手貼著容器來回撫摸，對它輕聲說了些話。容器裡的液體突然晃動起來，接著光線慢慢減弱，不久後液體變成淡淡的藍色，就像是地球上一般的水。

阿納絲塔夏走到牆邊一個像是地球冰箱的機器，用手按住機器，輕聲說了些話。機器掉出許多帶有顏色的方形藥片，阿納絲塔夏則拉起衣角接住。

她走向仍站著一動也不動的外星人，想把機器掉出來的藥片拿給站在最外圍的外星人。外星人有了動作，似乎要伸手去接，卻突然停了下來，望著站在所有人面前、應該是隊長的外星人。阿納絲塔夏就這樣伸著手，站在他面前約半分鐘。她後來走到隊長的面前，伸手要把藥片給他。隊長停頓了一下，才拿起藥片往嘴裡放。阿納絲塔夏繞了一圈，所有外星人都靜靜地接過她給的藥片，然後吃掉或吞掉。她在走回我身旁的路上，回頭向那群已經坐下的外星人揮手。幾名外星人也起身，對她揮手致意。她走回我身旁，帶著疲憊的語氣對我說：

「我們該回去了，他們吃了加速思考的藥片，就讓他們試著思考剛剛發生的事吧。」

結束了。我依然躺在森林的草地上，彷彿從很沉的睡夢中醒來。時間似乎才過不久，但我的身體卻覺得有了充分的休息，似乎這一覺睡得很沉、很香。但我的頭……腦中好似狂濤巨浪，所有思緒四處亂竄。我在那顆星球上看到的景象完全留在我的腦海。到底是怎麼一回事？是夢？催眠？還是兩者都是……我不知道。我根本無法相信能夠實際看到地球以外的星球景象。我問了坐在旁邊的阿納絲塔夏：

「到底是怎麼一回事？是夢嗎？還是催眠？我都還記得，但是現在頭腦好亂。」

她回答：

「弗拉狄米爾，是哪種力量讓你看到其他星球的景象，就隨你怎麼想吧。如果你對這個問題感到不安，把它當作是一場夢也可以。但這些都不重要，重要的是本質，你從這些景象中得出的結論和感受。我暫時離開一下，你先想一想吧。」

「好，妳去吧，我會好好想一想。」

我開始一個人思考剛剛的景象。我自然而然把這當作某種催眠的夢境。

阿納絲塔夏走沒幾步，又突然轉身走回我身旁。她從短衫的口袋拿出某樣東西，打開手心要拿給我。我在她的手心看到……看到一個奇怪的藥片，跟在那顆星球上看到的一樣。

「拿去吧，弗拉狄米爾。不用怕，你可以吞下去。這是剛剛在那顆星球上用地球的草做成的，它可以加速你的思考，大約會持續十五分鐘，讓你可以快一點領悟一切。」

我從她的手上接過藥片，並在她離開後吃了下去。

24 收復你們自己的家鄉吧！

我一開始並不明白阿納絲塔夏跟我說的家鄉，甚至覺得她的論點不正常，但到了後來……我到現在還會不經意地想起那些對話，想起她是如何回答我的問題。我問她，該怎麼做才能消弭星際和地球的戰爭、不再有壞人、生出健康又幸福的下一代，她回答我：

「弗拉狄米爾，我們要建議所有人：『收復你們自己的家鄉吧！』」

「收復家鄉？阿納絲塔夏，妳應該說錯了吧。大家都有家鄉，只是並非所有人都住在那兒。妳要說的不是收復家鄉，而是回到家鄉才對吧？」

「弗拉狄米爾，我沒說錯。現在這顆星球上，大多數的人完全沒有家鄉。」

「怎麼會沒有？！俄國人的家鄉就是俄國，英國人的家鄉是英國。所有人都會在某個地方出生，也就是說，人會把自己出生的國家稱為家鄉。」

「你覺得自己的家鄉應該是由不知何人訂定的界線來界定嗎？。」

「不然呢？這是常理啊！所有國家都有國界。」

「但如果沒有界線，你要如何決定自己的家鄉在哪裡？」

「看我在哪裡出生，無論是城市或鄉村。或許也可以說，整個地球是所有人共同的家鄉。」

「整個地球可以是這裡每個人的家鄉，全宇宙都可以撫愛人類，但要實現這一點，必須將所有的存在層面結合為一點，在裡頭自行創造愛的空間，而這個點就叫做家鄉。宇宙間最好的一切都將與你的家鄉接觸，與家鄉的空間接觸。你會透過這一點，感受到宇宙，擁有無人能及的力量。其他世界會知道你，萬物會像神──我們的造物者──所希望的那樣為你服務。」

「阿納絲塔夏，妳還是說得簡單點。我完全不懂妳說的存在層面、要如何將它們結合在一起，還有什麼我可以稱為『家鄉』的那一點。」

「那我們得從出生說起。」

「好，就從出生說起，但妳不要只是一直講，也要用現代人可以理解的話來解釋。比方說，在現代的生活條件下，妳對家庭的產生、孩子的出生和撫養有何看法或想像？該如何生出幸福的下一代？妳可以訂出這樣的計畫或藍圖嗎？」

「可以。」

「說吧，但別只是說森林裡的生活，或是談論深奧難懂的意象科學。不會有人懂的，只有妳……」

我還沒說完這句話，腦中就湧現了不止一個，而是一大堆問題，特別是：為什麼我會開始好奇，這位泰加林隱士會怎麼評論我們的生活？她從何得知我們生活的外在細節，甚至知道多數人的內在感受？這個深奧難懂的意象科學到底有什麼樣的可能性？

坐不住的我起身徘徊，想要冷靜一下，試著弄清楚、瞭解這些不可思議的現象。我開始這樣推論：「眼前這位靜靜坐在雪松下的年輕女子，一會兒緩緩地撫摸小草，一會兒觀察爬到她手上的昆蟲，一會兒又短暫地陷入沉思。她坐在這座泰加林裡，遠離城市和國家的生活紛擾，遠離文明世界的所有戰爭和變故，要是她真的完全理解這種意象科學呢？如果她可以借助它來影響人類呢？可以對社會發揮比政府、議會和多數教派還大的影響力呢？真是難以置信！太神奇了！然而……的確有具體的事實可以證實這些問題。驚人的事實，卻的確存在！

她在很短的時間內教會我寫書，前前後後只花三天。是她滔滔不絕地說了一堆資訊，雖然難以置信，卻是不爭的事實。我的書沒有打廣告，卻輕易地跨過城市與國家的疆界。書中有她的意象，而這個意象以一種未知的方式影響他人，在他們的心中激起創作的動力。至今已有上千首詩、數百首吟遊歌者所作的歌曲獻給她的意象；而且，她事先就知道會有這些結果！我曾在第一集寫過她對此的描述，當時什麼都還沒發生，所以我只覺得她在胡說八道、不切實際，可是現在一切還真的如她所說地發生了。即使到了寫下這些句子的這一刻，仍有許多不可思議的事情陸續發生。

一九九九年七月，「專業出版社」（Prof-Press）出版了五百頁的讀者信函和詩歌選集。這本選集是在書商公認的七月「淡季」出版，卻發生了不可思議的事：首刷一萬五千本在一個月內銷售一空。

二刷的一萬五千本也立刻賣完，或許這對追求轟動效果的媒體而言，沒什麼大不了，但它背後代表的特殊意義，早已超越了那些只依附於腥羶色的報導方式。這個結果實在令人難以置信，想不到阿納絲塔夏的意象正在改變社會的意識。

讀者感受到採取行動的必要性，國內外開始有人自行以她的名字組織讀書會和讀者中心。

新西伯利亞有藥廠在生產她所說的雪松油；在新西伯利亞州，一座小村莊的居民開始重組設備，運用她說的技術製造有療效的油，城市的人也前來幫忙。

是她說過，西伯利亞的鄉村會獲得新生，孩子會開始返鄉探望雙親。

她把到國外朝聖的人帶回了家鄉，光是在過去兩年內，她所說的格連吉克近郊石墓，就有她的五萬多名讀者參觀。許多人在這些早先被遺忘的聖地周圍種了鮮花、打造了菜園。許多城市開始按照她的方法種植雪松和其他植物。

托木斯克州州長指示成立一間名為「西伯利亞野生植物」（Sibirskie Dikorosy）的企業，至今已將四千棵雪松樹苗運往莫斯科。

科學家也在討論她。她那活生生且自給自足的實體意象，已經在俄國造成熱潮，但只有俄國嗎？

哈薩克有一群女性預計籌資拍攝有關阿納絲塔夏的電影。哇！哈薩克女性想要拍攝有關西伯利亞隱士的電影！

她的意象開始引領著眾人，但是會走到哪兒呢？是靠著什麼力量？有誰在幫助她？她或許擁有某種不可思議、前所未有的力量，但她怎麼還是待在自己的林間空地，和以前一樣與昆蟲玩耍呢？

當那些知識份子在爭辯她是否真的存在時，她只是直接做出行動。她的行動是看得到、摸得到，也嚐得到的。她所謂的意象科學又是什麼呢？

在泰加林時，這些想法有點難倒我。我想快點反駁或證實這些想法，不過身旁只有阿納絲塔夏可以問。

我現在就要問她……她不會說謊的……我要問她。

「阿納絲塔夏，告訴我……妳完全瞭解意象科學嗎？妳擁有那些古代祭司的知識嗎？」

我著急地等待她回答，她卻用平靜的語氣不慌不忙地說：

「我知道祖爺爺教給那些祭司的知識，還有祭司不讓他說出來的事情。我自己也試著去理解、感受新的知識。」

「我懂了！就和我想的一樣！妳比所有人都懂意象科學，在眾人面前創造自己的意象。很多人覺得妳是女神、善良的森林精靈、彌賽亞，讀者在信裡都這樣稱呼妳。妳告訴我要真心誠意地寫出一切，彷彿高傲和自負是莫大的罪惡。在所有人面前，我看起來就像個蠢蛋，而妳卻是被捧得高高在上。妳早就料到這一切了吧。」

「弗拉狄米爾，我對你毫無隱瞞。」

阿納絲塔夏從草地上起身，雙手垂於兩側，站在我的面前。她看著我的眼睛繼續說：

「現在不是每個人都瞭解我的意象，但以後在眾人面前出現的其他意象，也會是我的意象。我的意象會像是清潔婦，只清除重要事物的蜘蛛網。」

「什麼蜘蛛網？說清楚一點，阿納絲塔夏，妳還想創造什麼？」

「我想在世人面前復興神的意象，讓大家明白祂的偉大夢想，讓每個活著的人都能感受到祂帶有愛的渴望。現代人會在此生過得幸福，所有的孩子都能住在祂的天堂樂園。我不孤單，你也不孤單，天堂樂園將會成為共同的創造。」

「等一下，我發現妳的言論會讓很多教導瓦解。這些教導的創始人和追隨者不僅會攻訐妳，還會詆毀我。我為什麼要淌這種渾水？我不會把妳說的神全部寫進書裡。」

「弗拉狄米爾，你之所以會害怕，只是因為你覺得要對付連你自己都不知道的人。」

「不，我很清楚。各種宗教的領袖都會抨擊我，唆使狂熱的信徒與我對立。」

「不是他們，你害怕的是你自己，弗拉狄米爾。你羞於出現在神的面前，你不相信自己全新的生活方式，你覺得自己沒有能力去改變。」

「這和我有什麼關係？我和妳說的是神職人員，他們已經有很多人回應妳的言論了。」

「他們怎麼跟你說？」

「各不相同，有人反對，有人支持。曾經有位烏克蘭的東正教神父帶著教徒來找我，他想要表達他們對妳的支持，可是他只是個小鎮的神父。」

「你說來找你的只是個小鎮的神父，這句話是什麼意思？」

「意思是說，還有其他層級更高的、所有人都聽從他們、一切都由他們決定的神職人員。」

「但是你要知道，你所謂的高層當初也是從小教堂做起。」

「這不重要，我依然不會寫的，除非有大教堂的高層……我在說什麼呀？畢竟妳自己會預知一切。告訴我吧，以後會有誰反對妳、幫助妳？究竟會不會有人提供協助？」

「哪種階級的神職人員可以說服你、讓你更勇敢？弗拉狄米爾。」

「至少不低於修道院院長或主教，妳能舉出任何一位嗎？」

她只用了一眨眼的時間思考，似乎立刻看穿了時間和空間。

她接著說出令人訝異的回答：

「已經有人提供協助了，這人對神抱持著新的看法，就是羅馬教宗若望．保祿二世。」

阿納絲塔夏回答，「基督和穆罕默德的意象將在空間中結合各自的能量，並與其他的意象融合在一起。此外，還有東正教牧首，他的話會受到後世推崇。但最重要的是，靈感會在所有外在平凡的人當中燃起。世俗階級對你而言很重要，但要知道在這個世界上，沒有什麼是比真相更重要的了。」

阿納絲塔夏接著眼神低垂不再說話，彷彿突然受到什麼委屈似的。她似乎喉嚨卡了什麼東西，先是吞下去後嘆了一口氣，然後繼續說：

「如果我的解釋不能讓你的靈魂明白，我很抱歉。我現在無法辦到，但我還是會試著說得更清楚，只要你和大家說……」

「說什麼？」

「說別人數千年來企圖對他們隱瞞的事情，說每個人只消一瞬間就能走入造物者的原始花園，與祂完成美好的共同創造。」

我能感受到她內心的激動，我不知為何也跟著興奮起來：

「妳別擔心，告訴我吧，阿納絲塔夏。或許我可以瞭解並寫下來。」

她接下來說的話都是以非常具體、簡單的方式表達。我是到了後來在分析並想起她的話之後，才開始明白「收復你們自己的家鄉吧」這句話中或許真有什麼深度的含意。但當時在森林裡，我又問了阿納絲塔夏：

「我看得出來這一切會怎麼發生。我瞭解到，如果妳能輕易地重現數千年前生活的景象，這不就表示妳知道所有的教導和學說，而且會告訴世人嗎？」

「我知道那些受世人推崇的教導。」

「全部嗎？」

「是的，全部。」

「所以妳能翻譯整本吠陀經？」

「可以，但為什麼要浪費時間做這個？」

「難道妳不想讓人類知道古老的教導嗎？妳可以告訴我，我把它寫進書裡。」

「然後呢？你覺得這對人類有何好處？」

「好處？大家會變得更有智慧啊。」

「弗拉狄米爾，黑暗力量的整個詭計就在於，它利用大量的教導，企圖對人類隱瞞重要的事情。它在理論中只對理智透露部分的真相，刻意讓人偏離主軸。」

「可是為什麼大家會把那些傳揚教導的人稱為智者？」

「弗拉狄米爾，容我告訴你一個寓言故事。這個寓言故事是在一千年前，由一群與世隔絕的智者口耳相傳的，但數個世紀以來都沒有人聽過。」

「如果妳覺得寓言故事有助於解釋的話，就說吧。」

25 兩兄弟（寓言）

「不知道是多久以前，有對夫婦一直沒有小孩，妻子直到年老才生了兩個兒子，一對雙胞胎兄弟。妻子生產十分不順，在生完兩個兒子不久後，就到了另一個世界。

「父親請了一位保母，全心全意地照顧孩子，一路把他們養到十四歲。但就在他們十五歲時，父親也去世了。兩兄弟將父親安葬後，坐在房裡哀悼。這兩個雙胞胎兄弟，前後差了三分鐘出生，所以一個是哥哥，一個是弟弟。在默哀一段時間後，哥哥開口說：

『父親在臨終前難過地說，他沒能將生命的智慧傳給我們。我的弟弟，要是沒有智慧，你我該怎麼過活？要是沒有智慧，我們的家族只會在不幸之中延續下去。那些能從自己父親身上獲得智慧的人，可能會嘲笑我們的。』

『你別難過。』弟弟對哥哥說，『你常常在沉思，或許時間會讓你在沉思中獲得智慧。我一切都聽你的，我不用沉思也能過活，也依然覺得生活很美好。只要看到日出日落，我就很開心了。我就單純地過生活，忙田裡的事情，你可以好好學習智慧。』

『同意。』哥哥對弟弟說，『但待在家裡是求不到智慧的，這裡沒有。沒有人把智慧留在這裡，也不會有人把智慧帶給我們。但身為兄長的我，為了我們倆、為了代代相傳的家族，我決定要找出世間的所有智慧。我要找到並帶回家裡，送給後代子孫和我們自己。我要把父親留給我們的所有貴重物品帶在身上，然後走遍天涯，拜訪世界各地的智者，學習他們的所有理論，然後回到我出生的地方。』

『這會是條漫長的路。』弟弟語帶同情地說，『我們有一匹馬，你就帶著那匹馬和馬車吧，東西能載多少是多少，才能減輕一路上的負擔。我會留在家裡，等著你成為智者歸來。』

「兄弟倆分離了許久，年復一年。哥哥拜訪了一位又一位的智者，去了一座又一座的教堂，學習東西方的教導，又走遍大江南北。他擁有驚人的記憶力，敏捷的頭腦能快速地領會一切並輕鬆地記住。

「哥哥花了六十年左右遊歷全世界，走到頭髮和鬍子都已灰白。他好學的頭腦仍繼續流浪、精進智慧。這位年邁的流浪者成了最有智慧的人，開始有眾多弟子跟隨他。他對著這些求知心切的腦袋大方地講道，弟子無論是老是少，無不敬佩地專心聆聽。他的名聲總是在他抵達前便傳遍鄰里，村裡都知道，將有一位偉大的智者來訪。

「他就這樣帶著榮耀的光環，身邊圍繞一大群奉承的弟子，回到他六十年前、年僅十五歲時離開的家。這位頭髮灰白的智者一步一步地靠近他出生的村莊。

「村裡的人都上前迎接，頭髮同樣灰白的弟弟也開心地跑出來。他在成為智者的哥哥面前低下頭，喜極而泣地低語：

『祝福我吧，我的智者哥哥。回我們的家，讓我洗滌你長途跋涉的雙腳。回我們的家，我睿智的哥哥，好好休息吧。』

「他以莊重的手勢囑咐所有的弟子，要他們留在山坡上，接受村民的迎賓禮、展開智慧的對談，接著他便跟著弟弟回家。這位德高望重且灰髮蒼蒼的智者，走進上層寬敞的房間，疲憊地坐在桌前。弟弟開始用溫水幫他洗腳，同時聽著他的智慧言論。哥哥告訴他：

『我完成了自己的責任，學到許多偉大智者的教導，也建立了自己的理論。我不會待在家裡太久，現在我的任務是要指導他人。不過，既然我答應過要將智慧帶回家，我會履行承諾，在家裡待上一天。在這段期間內，我親愛的弟弟，我會告訴你最有智慧的真理。首先是：人人都應該住在美好的花園。』

「弟弟用編織精美的乾淨毛巾將哥哥的腳擦乾，盡心盡力地想讓哥哥開心。他告訴哥哥：

『你面前的桌子上有我們花園種的水果，嚐嚐看吧，我把最好的都摘給你了。』

「哥哥若有所思地吃著各種漂亮的水果，接著繼續說：

『地球上的每個人都應該種一棵家族樹。當他去世後，這棵樹將成為他留給後代的美好紀念，它會為後代淨化呼吸的空氣。我們都應該呼吸好的空氣。』

「弟弟露出慌張的神情，急忙地說：

『我睿智的哥哥，抱歉，我忘記開窗讓你呼吸新鮮空氣了。』他將窗簾拉開，打開窗戶後繼續說：『來，呼吸我們兩棵雪松帶來的空氣，是我在你離開的那一年種的。其中一棵是我用自己的鏟子挖洞種下樹苗，另一棵是我用我們小時候你常玩的鏟子挖的。』

「哥哥看著雪松陷入沉思，接著說：

『愛是一種偉大的感覺，不是人人都有機會擁有愛過著每一天，所以有一句至理名言說：所有人每天都要為愛努力。』

『噢，我的哥哥，你真是有智慧！』弟弟驚嘆地說，『你學得如此高深的智慧，讓我聽得太入迷了。抱歉，我居然還沒向你介紹我的妻子。』他對著門口大喊：『老婆子，妳在哪，我的小廚娘？』

『這不是來了嘛。』一個開心的老婦出現在門口，手裡拿著一盤熱呼呼的餡餅。『我剛剛忙著做餡餅。』

「開心的老婦把餡餅放在桌上，笑嘻嘻地對著兩兄弟做了個滑稽的屈膝禮，然後走向弟弟對他耳語，但她對丈夫說的話都被哥哥聽到了：

『老頭子，請原諒我，我要先離開了，我需要躺下來。』

『妳是怎麼回事，真是無禮，怎麼突然要休息呢？我們有貴客，我的親生哥哥啊，妳卻要……』

『不是這樣的，我現在頭昏腦脹，有點想吐。』

『妳這個忙碌的傢伙，怎麼可能會頭暈想吐？』

『大概要怪你了。沒錯，我們又有小孩了。』老婦帶著笑容，邊說邊跑著離開。

『很抱歉，哥哥。』弟弟羞赧地向哥哥道歉，『她不知道智慧的價值，總是嘻皮笑臉的，老了還是這樣。』

「哥哥陷入了更長的沉思。一陣小孩的吵雜聲打斷了他，他在聽到後開口說：

『人人都應該努力學習偉大的智慧，學習如何養育出幸福又有正義感的孩子。』

『我睿智的哥哥，告訴我吧，我很想讓我的孩子和孫子過得幸福。你看，我吵鬧的幾個孫子孫女走進來了。』

「兩個不到六歲的小男孩，以及一個四歲的小女孩站在門邊吵架。弟弟為了安撫他們，急忙地說：

『快點告訴我，你們在吵什麼。亂哄哄的，別吵到我們倆聊天。』

『噢！』比較小的男孩驚訝地說，『爺爺變成兩個人了，哪個是我們的，哪個不是，要怎麼分呀？』

『我們爺爺不就坐在這兒嗎？這不是很明顯嗎？』

「接著小孫女跑向弟弟，臉頰緊緊貼著他的大腿，玩著他的鬍鬚，對他嘰嘰喳喳地說：

『爺爺，爺爺！原本是我一個人要來找你，想給你看我學的新舞步，可是兩個哥哥自己跟來。一個想找你一起畫畫，你看，他帶了畫板和粉筆；另一個帶了長笛和笛子，他要你吹給他聽。爺爺，爺爺！但我才是第一個決定來找你的人，你和他們說啦，叫他們回家，爺爺！』

『不對，我才是第一個要來畫畫的，哥哥是後來才決定要來吹笛子。』帶著薄畫板的孫子說。

『現在有兩個爺爺，你們來決定，』孫女插話說，『我們誰才是第一個來的？拜託你們選我，不然我會哭得很難過。』

「智者憂喜參半地看著這群小朋友，皺著眉頭準備回答，可是話到嘴邊卻停了下來。弟弟慌張了起來，沒有讓沉默持續太久，迅速地從小朋友的手中拿了笛子，毫不猶豫地說：

『這沒什麼好吵的。跳舞吧，我活蹦亂跳的小美女。我會用長笛幫妳伴奏，笛子可以交給我們的小音樂家。而你呢，我的小藝術家，你可以畫下樂音奏出的圖案，還有這個小芭蕾舞者的舞姿。小朋友，趕快開始吧！』

「弟弟用長笛吹出美麗愉悅的樂章，孫子孫女同時入迷地跟著他，扮演著他們最愛的角色。未來的大音樂家試著跟上長笛的旋律；臉上泛著紅暈的小女孩像個芭蕾舞伶，開心地跳著自己的舞步；未來的藝術家勾勒出這個開心的畫面。

「智者不發一語，他懂了……當眼前歡樂的場景結束時，他站起身子說：

『弟弟，你還記得父親的舊鑿子和槌子嗎？請你拿給我，我想在石頭上刻出自己學到最重要的一課。我該走了，可能不會再回來。不要慰留我，也不要等我。』

「哥哥離開了。這位灰髮蒼蒼的智者和弟子一起走到一塊大石前，旁邊有一條道路繞過這塊大石──那條引領流浪者離鄉背井，到遠方尋找智慧的道路。白天過去了，到了晚上，這位年邁的智者還在石頭上敲敲打打，他想要刻出一段文字。就在他精疲力盡地完成後，他的弟子唸出石頭上的那段話：

流浪者啊，你要尋找的，其實都在你的身上。你不會找到什麼新的，相反地，每走一步，就會有所失去。」

阿納絲塔夏說完寓言後，安靜地用詢問的眼神看著我，大概是在想，我懂不懂這個寓言吧。

「阿納絲塔夏，我知道這個寓言是在說，哥哥談論的所有智慧，弟弟都已經在生活中實踐了，但只有一點我不懂，是誰教弟弟這些智慧的？」

「沒有人。在靈魂被創造出來的那一刻起，宇宙所有的智慧就永遠地存在每個人的靈魂中了。只是常有智者的靈魂狡猾地賣弄聰明，為了自身利益將人偏離最重要的事情。」

「偏離最重要的事情？但那是什麼？」

26 現今人人都能打造一座家園

「弗拉狄米爾，最重要的事情就是，現今人人都能打造一座家園，每個人都能感受到神，住在天堂樂園裡。地球上的人類現在距離天堂樂園只要一眨眼。每個人的心中都有意識，當它不再受到教條干擾，弗拉狄米爾，你就可以看到……」

阿納絲塔夏突然高興起來，抓著我的手，想帶我到湖邊光禿禿的土地上。她用很快的速度邊走邊跟我說：

「只要一會兒，你就能馬上明白一切，而且所有人——你我的讀者——都能瞭解。

「他們會自己定義地球的本質，意識到自己的使命。就是現在，弗拉狄米爾，此時此刻，我們要在思想中建立一座家園！你和我，以及他們所有人！我向你保證，相信我，每個人的思想都將與神的思想接觸。天堂樂園的門將敞開。走吧，我們走快一點。我要用樹枝在岸上畫出來……我們和未來接觸你的文字的人一起打造家園。人類的思想將合而為一。人類具有神的能力，可以將思想化為現實，到時地球上不會只有一座家園，人人都能在自己的家園領悟、感受並理解神聖夢想的渴望。我們要建立家園！他們、我，還有你！」

「阿納絲塔夏，等一下，現在已經有很多不同的建案可供現代人居住，妳還想弄另一個計畫，這有什麼意義？」

「弗拉狄米爾，你不要只是聽我講話，你要感受我描繪的一切，然後自己在心裡完成計畫，也讓每個人跟我一起描繪。噢，天啊！大家至少嘗試看看吧，我求求你們！」

阿納絲塔夏開心且興奮到發抖。她向世人如此呼籲，讓我也開始越來越好奇她的計畫。我一開始覺得很簡單，但同時又有一種感覺，覺得阿納絲塔夏這個隱士，似乎向所有人透露了一個非比尋常的秘密。整個秘密簡單得離奇，如果我順序記得沒錯的話，她是這樣說的：

阿納絲塔夏繼續說：

「首先，從地球上所有可能且適合的地方中，選一個你喜歡的地方——一個你想要居住，也希望孩子生活的地方。你會在後代的心中留下對你美好的記憶。這個地方的氣候必須合你心意。在這個地方，把一塊一公頃的土地永遠留給自己。」

「可是現在沒有人可以隨心所欲地擁有土地，現在只有地主想賣的土地才買得到。」

「是啊，很可惜，真的是這樣。我們的國家如此廣闊，卻連能讓你為孩子、後代創造天堂樂園一角的一公頃地都沒有。不過現在是開始的時候了，我們可以利用所有現行的法律中最有助益的部分。」

「我當然不會知道所有的法律，但我很確定我們沒有任何一條法律允許永遠持有土地。農夫可以租好幾公頃的地，但是不能超過九十九年。」

「不然一開始的時間可以短一點，但我們必須立刻立法，讓每個人都有自己的一塊地——自己的家鄉。這攸關於國家的繁榮，所以如果現在確實沒有這樣的法律，就代表有制定的必要。」

「這說得容易，可是做起來很難。法律是由國家杜馬制定的，必須修正憲法或增加憲法章節，可是現在杜馬裡黨派紛爭不斷，更不用說要解決土地的問題。」

「假如沒有政黨可以立法，讓每個人有權擁有家鄉，表示必須成立這樣的政黨。」

「由誰成立？」

「成立的人要讀到創造家園的資訊，理解家鄉對每個人、對活在現今的人類，以及對整個地球的未來有何意義。」

「嗯，政黨的對話到此為止，妳還是跟我解釋妳說的奇特家園吧！我現在很好奇，妳到底可以想出什麼新鮮的計畫。假設今天某人擁有一公頃的地，雖然不能算是天堂樂園，只是長滿野草的地，但大概已經是最好的了。他站在自己的一公頃土地上，然後呢？」

「弗拉狄米爾，你自己想看看，同時也做點夢吧。如果你站在自己的土地上，你可以做些什麼？」

27 圍籬

「首先……當然要用圍籬把整塊土地圍起來，否則開始把房子的建材運進來後，可能會被人拿走。而且如果有種作物的話，還沒收成可能就被偷走了。還是說妳反對蓋圍籬？」

「不反對，就連動物都會畫出自己的地盤，只是你要用什麼材料蓋圍籬？」

「為什麼還要問？當然是木板啊！不，等等。木板可能太貴了，一開始可以先打木樁，然後用鐵絲網圍住土地。不過之後還是要用木板，以免別人看到裡面。」

「木板做的圍籬可以維持幾年不用維修？」

「如果木材好、刷上油漆或乾性油，並把木樁在土裡的部分塗上樹脂，大概五年都不用維修，甚至還可以更久。」

「在這之後呢？」

「在這之後就要稍微維修、補漆，以免木頭腐爛。」

「也就是說，你會一直為了圍籬而忙碌，還留給後代子孫更多的煩惱。如果蓋的方式不會讓孩子操煩，他們的視野不會被腐朽的木材破壞，這樣不是更好嗎？我們一起想想怎麼做出更堅固耐用的圍籬，讓後代想起你時會心存感念。」

「當然要耐用一點，誰不想這樣呀！像是可以用磚頭砌成柱子和地基，然後在柱子之間裝上不會生鏽的鐵製柵欄。這種圍籬甚至可以用到一百年左右，但只有非常有錢的人才做得起。妳想一下，一公頃的土地，周長就有四百公尺了。這種圍籬不僅要幾十萬盧布，還可能要幾百萬，但好處是可以用一兩百年，甚至更久。還可以做出任何形式的家族圖騰，讓後代看到時，會想起他們的曾祖父，讓身邊的所有人嫉妒。」

「嫉妒是不好的感受，是有害的。」

「但也沒辦法。我跟妳說，很少人有能力在一公頃的土地上蓋出好的圍籬。」

「所以才要想別種圍籬。」

「哪種圍籬？妳有什麼建議嗎？」

「弗拉狄米爾，與其用一堆會腐朽的木樁，倒不如種樹，這樣不是更好嗎？」

「種樹？然後呢？把木板釘上去嗎？」

「為什麼要釘上木板？你看森林裡生長的眾多樹木，樹幹之間都有一點五到兩公尺的距離。」

「是啊，沒錯……可是樹幹之間有間隔，就不能算是圍籬。」

「但中間可以種無法穿越的灌木叢。你仔細觀察，想像自己會有多麼漂亮的圍籬。所有人的圍籬都會稍微不同，大家會開始佇足欣賞，歷代子孫也會記得是誰創造出如此美麗的圍籬。他們不用花時間修繕，還能從中獲得好處。圍籬的功能不會只是隔離。有人的圍籬是種一排樺樹，有人是種橡樹，也有充滿創意的人會做出像是童話故事裡的彩色圍籬。」

「什麼彩色？」

「種五顏六色的樹木，像是樺樹、楓樹、橡樹和松樹，夾雜帶有一串串紅豔果實的花楸樹，中間還可以種一些莢蒾，再騰出空間種稠李和丁香。畢竟，一開始就可以全部想好。每個人都要觀察植物生長的高度、春天時怎麼開花、散發什麼味道，以及會吸引哪些鳥類。這樣你的圍籬就會唱歌、散發香味，而且你永遠都看不膩，因為這幅景象每天都會變換色調。圍籬在春天時花團錦簇，秋天則變得一片火紅。」

「阿納絲塔夏，妳真像是個詩人。原本只是個簡單的圍籬，妳卻能把它變成這樣！妳知道嗎，我很喜歡這樣的轉變，以前的人怎麼都沒想到？不用油漆，也不用修繕。樹木長得太大時，還可以砍下來做木柴，再種新的樹代替，就像畫畫那樣改變景色。只是種這種圍籬要花很久的時間，如果每兩公尺種一棵樹，總共得挖兩百個洞種樹苗，樹木之間還要種灌木，而想當然，妳又會說不能運用科技。」

「正好相反，弗拉狄米爾。在這個計畫中，沒有必要拒絕科技。黑暗力量顯現的一切必須轉向光明力量。為了盡快實現心中的計畫，可以用犁沿著土地的周邊挖出一道溝，然後種下樹苗。同時種下你決定在樹木之間種的所有灌木苗和種子，然後再用犁走過一次，把土蓋上。當土壤還是軟的時候，你可以調整位置，讓每顆樹苗整齊地排成一列。」

「聽起來很棒，所以一個人在兩三天內，就能做出整座圍籬了。」

「是的。」

「唯一可惜的地方是，在圍籬長大之前，沒有辦法阻擋小偷。圍籬要等很久才會好，像松樹和橡樹又長得特別慢。」

「可是樺樹和白楊樹長得很快，樹木之間的灌木叢也長得快。如果你很急，可以一開始就種兩公尺高的樹苗。樺樹長高時，可以砍下來用在家裡，逐漸成熟的松樹和橡樹會取代它們的位置。」

「好吧，我可以理解這種有生命的圍籬，我非常喜歡。現在告訴我，妳覺得要在土地上蓋哪種房子？」

「弗拉狄米爾，或許我們可以先規劃整片土地？」

「妳是說分區栽種番茄、馬鈴薯、小黃瓜嗎？這通常是女人在做的，男人要負責蓋房子。我認為一開始就要蓋又大又氣派的歐式建築，讓後代子孫對你留下好印象。旁邊可以蓋比較小的房子給管家住。畢竟土地很大，要做的事很多。」

「弗拉狄米爾，如果一開始就都做對的話，你是不需要管家的。周圍的一切都會帶著最大的喜悅，用愛為你服務，照顧你的子子孫孫。」

「這不會發生在任何人身上的，就連妳最愛的夏屋小農也是。他們的土地有五六百平方公尺，就已經讓他們在每個週末從早到晚地工作。可是這裡足足有一公頃大，每年至少都要十幾輛車把肥料和糞肥載過來。

「糞肥要一堆堆灑在土上，然後把土全部翻過一次，不然作物會長得不好。另外還要加一些肥料，這在一些專門的店都有在賣。如果不加肥料，土壤就不會肥沃。這是那些研究土壤的農學家得出的知識，夏屋小農也在自己的經驗中證實過。希望妳也同意土壤需要施肥。」

「土壤當然需要施肥，但是不用這麼麻煩。神事先都把一切想好了，不會讓你花這麼多力氣做單調的工作，你想要生活在其中的土地，自然而然會成為肥沃且完美的狀態。你只需要接觸神的思想，感受祂的系統是如此完整，而不是單靠自己的理智在做決定。」

「那為什麼現在在地球上，沒有一塊土地是按照神的系統施肥？」

「弗拉狄米爾，你現在身在泰加林裡，看看四周的樹木有多麼高，樹幹有多麼強壯。樹木之間有小草、灌木叢，還有覆盆子、醋栗……各式各樣的植物在泰加林裡為了人類生長，這裡數千年來從未有人施過肥，但土壤依舊肥沃。你覺得是誰，又是用什麼方式替土壤施肥的？」

「誰？我不知道是誰或用什麼方式，但妳確實點出了一個關鍵的事實，那就是人類身邊處處是驚奇。妳跟我說吧，為什麼泰加林裡不需要肥料？」

「在泰加林裡，神的思想和系統不像現代人生活的地方那樣受到干擾。泰加林的樹木會掉葉子，細枝會被微風吹弱，而這些樹葉和枯枝，加上蟲子，會一起為土壤施肥。生長的小草會調節土壤的成分，灌木叢有助於除去土壤多餘的酸性或鹼性物質。你知道的任何肥料都無法取代從樹上掉下來的葉子，畢竟葉子擁有眾多的宇宙能量，它看過星星、太陽和月亮，而且不只是看見，還與它們有互動。即使再過幾千年，泰加林的土壤仍是一樣肥沃。」

「但我們要蓋房子的土地不是在泰加林裡。」

「所以要規劃啊！你可以自己種出擁有多種樹木的森林。」

「阿納絲塔夏，妳還是快點告訴我怎麼做，才能讓土壤永遠保持肥沃。這可是個大重點，因為有好多其他的工作要做，像是種菜圃、驅除各種害蟲……」

「我們當然可以討論細節和要項，但最好還是讓每個人用自己的想法、靈魂和夢想建造。每個人都可以直覺地感受到什麼才是最適合自己的，什麼才會為孩子和孫子孫女帶來快樂。不可能只有單一的計畫，每個計畫都是獨一無二的，就如同創作藝術家所畫出的偉大畫作一樣，每個人也都該有自己的計畫。」

「但妳可以講個大概，大致上說一下就好。」

「好。你看，我畫個雛形給你看。可是你要先理解一件很重要的事，那就是神創造的一切都是為了人好。你是人，可以治理身邊的一切。你是人！試著用自己的靈魂去瞭解、去感受，真正的人間天堂裡有什麼……」

「妳講得具體點，別再拐彎抹角了。告訴我，我要在哪裡種東西、要種什麼、在哪裡挖洞，還有要種什麼作物，之後才有收成可以賣？」

「弗拉狄米爾，你知道為什麼現在的佃農和農夫都不快樂嗎？」

「嗯，為什麼？」

「他們很多人都努力要讓收成越來越好，然後賣掉……他們把較多的心思放在錢上，而不是土地上。他們不相信可以在自己生活的家庭小窩裡得到快樂，而是覺得城市的人都很幸福。弗拉狄米爾，相信我，在靈魂裡所創造的一切，必定會投射在外。當然，外在的細節還是得兼顧，我們可以想一想土地的規畫。我只開個頭，接著你幫我想。」

「好吧，我會幫妳，妳開始吧。」

「我們的土地在一片空地中，四周圍起有生命的圍籬。我們拿四分之三或一半的土地來種森林，種植各式各樣的樹木。在森林和其餘土地接壤的地方，我們用灌木種出樹籬，以免動物穿越，踐踏了種植作物的園子。在森林裡，我們把活樹苗種在一起，做成圍欄，日後可以做為像是一兩頭小山羊的家。還可以拿樹苗圍成一個遮蔽處，給生蛋的母雞住。在菜園裡，我們挖出數百平方公尺大的淺池塘。在森林的樹木之間，要種覆盆子和醋栗，森林邊緣則種草莓。等到森林的樹木長大一點後，可以在森林中放三個給蜜蜂的空心木筒。我們再用樹木種出涼亭，讓你和朋友或孩子一起乘涼、聊天。我們還能做出有生命的夏日臥房和你的創作工作室，還有給孩子和客人睡的臥房。」

「哇！到時就不是森林了，簡直像是一座皇宮。」

「不過這座皇宮是有生命的，會永遠不斷地生長。造物者本身就是這樣設想一切的，人類只需要按照自己的品味、計畫和理解，為萬物賦予任務。」

「但為什麼造物者不一開始就做好？森林裡的一切都長得很亂。」

「身為創造者的你，可以把森林想像成一本書。弗拉狄米爾，你仔細看，天父把一切都寫進去了。你看，那邊三棵樹彼此之間的間隔只有零點五公尺，你可以按照自己的意願把樹木種成一排，還能運用眾多類似的樹木，排成其他不同的形狀。在樹木之間有灌木叢，你可以思考如何利用這些灌木，為你的生活增添趣味。至於有些樹木中間沒有長草和灌木，這些樹可以讓你在未來建造有生命的家。你彷彿是在為萬物設定程式，然後依照自己的品味修正。未來在你的土地上，周圍的一切都會珍惜並餵養你和你的孩子，使你們感到快樂。」

「要有東西吃的話就得耕作菜園，但照顧起來一定會很累人。」

「相信我，弗拉狄米爾，菜園也可以有效地設計，不會讓你付出太多勞力的，你只需要從旁觀察。就像森林裡生長的所有東西，小草之間也可以長出蔬菜、最漂亮的番茄和小黃瓜。只要四周的土地不是光禿禿的一片，味道還會更好吃，為生命體帶來更多好處。」

「那雜草呢？難道蔬果不會被害蟲或甲蟲吃光嗎？」

「大自然的一切都有目的，沒有雜草是無用的，更沒有對人類有害的甲蟲。」

「怎麼會沒有！像蝗蟲或科羅拉多金花蟲就是害蟲，會吃掉田裡的馬鈴薯。」

「是啊，會吃掉。但這也證明了，正是人類的無知破壞了地球的自給自足，與神聖造物者的構想相抵觸。怎麼可以每年在同一個地方，執意地犁田、折磨土地呢？這就好像在用刮刀揭開還沒復原的傷疤，同時又要求傷疤長出有益的東西。科羅拉多金花蟲或蝗蟲不會來碰我們構想出來的土地，只要一切活在完美共融的狀態，為主人而生的果實也會達到和諧。」

「不過，如果一切到最後真的都像這樣，在妳構想的土地上，人類不需要施肥、不需要用毒藥對抗各種害蟲、不需要除草，一切都會自行生長，那麼人類還要做什麼？」

「活在天堂樂園裡，就像神希望的那樣。只要可以建立這樣的天堂樂園，就能與神聖的思想接觸，與祂共同生出新的創造。」

「什麼新的創造？」

「剛才說的創造出來後，新的創造就會出現了。我們先想想現在還有哪些需要完成。」

28 房子

「我們還要蓋一棟堅固的房子，讓後代子孫可以住在裡面，不會遇到問題。一棟磚造的兩層樓建築，有廁所、浴室和熱水器，現在任何私人住宅裡都可以做到這點。我之前在展覽上看到好多專為私人住宅設計的各種便利設施，還是妳又要說，不需要這些技術治理世界的玩意兒了？」

「正好相反，是需要的。如果你有機會，就必須讓所有東西替良善服務。況且，人要轉變習慣，必須經過平順的過渡期。只是你的孫子不會需要你蓋的房子，他們長大後就會明白，自己需要的是別種房子，所以不值得你花太大的心力蓋這麼堅固的大房子。」

「阿納絲塔夏，妳又再打什麼主意了。妳總是在否決我的提議，甚至房子也是。我認為房子要很堅固，這點無庸置疑。妳才說要一起規劃，但無論我說什麼，妳都一直唱反調。」

「當然是一起規劃，弗拉狄米爾，而且我並沒有反對任何事情，只是在表達自己的意見。每個人都可以選擇什麼才是最接近自己喜好的。」

「那妳一開始就該多表達自己的意見呀。我不認為有人可以明白，為什麼不用把房子留給孫子。」

「就算是其他的房子，還是能保有他們對你永遠的愛與懷念。當你的孫子長大時，他們一定會明白，地球上構想出來的所有材料之中，哪種對他們而言最堅固實用，而且可以帶來最大的快樂。你現在雖然沒有這種材料，但你的孫子會用爺爺當初種的樹木，還有爸爸媽媽喜愛的樹木來蓋木屋。這棟房子會有療癒效果、抵禦不潔力量，激勵他們邁向光明。偉大的愛的能量會留在這棟房子裡。」

「嗯……滿有趣的……用爺爺和爸爸媽媽種的樹木蓋房子。為什麼這種房子可以保護在裡面生活的人？一定有什麼神秘的東西。」

「你怎麼會把愛的光明能量稱為『神秘的東西』呢？弗拉狄米爾。」

「因為我不是很懂，我原本是在講蓋房子和土地的規畫，妳卻突然扯到愛。」

「為什麼是突然？所有東西從一開始都要用愛去創造呀。」

「什麼？圍籬也是嗎？就連森林的樹苗也要用愛去種嗎？」

「當然！偉大的愛的能量和宇宙的所有星球，都會幫助你過著圓滿的生活——神之子天生擁有的生活。」

「欸，妳現在就在講別人聽不懂的話了，阿納絲塔夏。妳從房子、菜園，然後又扯到神，這之間可以有什麼關聯？」

「弗拉狄米爾，原諒我的解釋讓你聽不懂。容我試著稍微換個方式，說明我們計畫的重要性。」

「好，但計畫就會變得是妳的，而不是我們的。」

「計畫是屬於所有人的，弗拉狄米爾。許多人的靈魂都能直覺地感受到，只是一時流行的教條、技術治理方式和科學帶來的聲音，都企圖讓人遠離幸福，沒有機會具體構思、瞭解計畫。」

「所以妳才要試著說得更具體點呀。」

「好，我試試看。噢，真希望我的解釋能讓人明白！噢，神聖志向的邏輯啊，幫助我組合出更淺顯易懂的詞語吧！」

29 愛的能量

「神為了自己的孩子，把偉大的愛的能量送往地球，每個人都在某個時候獲得這個能量。它經常試著用自己去溫暖人類，永遠留在他們的身旁，可是大部分的人卻不讓這個偉大的神聖能量留在身邊。

「你想像一下，一對男女某天在愛的美麗光輝下認識彼此，希望永遠結合彼此的生活。他們認為只要在證書上簽名，在眾人的見證下舉辦儀式，就能穩固他們兩人的結合。但是沒有用，沒有幾天的時間，愛的能量就離開了他們。現在幾乎所有人都是這樣。」

「妳說的沒錯，阿納絲塔夏。現在有一堆人離婚，大概有七成吧。就算沒有離婚，相處模式也像貓與狗，或者對彼此不理不睬。這點大家都心知肚明，卻沒有人明白，為什麼離婚率這麼高。妳剛剛說，愛的能量離開了他們，為什麼會這樣？感覺它好像是在捉弄所有人，或是在玩什麼遊戲？」

「愛不會捉弄任何人，更不會玩什麼遊戲。愛很想永遠留在每個人的身旁，可是人類卻選擇了自己的生活方式，而這種生活方式會讓愛的能量飽受驚嚇。愛無法給破壞靈感。當男女開始一起打造生活時；當他們想要居住的公寓像個沒有生命的石窖時；當兩人都有自己的工作、興趣和生活圈時；當他們對未來沒有共同的願景、共同的志向時；當身體只因為肉體的歡愉而吸引彼此，之後把自己的孩子交給殘酷的世界，交給這個沒有乾淨水源，又充斥幫派、戰爭和疾病的世界時，這並不值得讓愛的結晶留下來，活在痛苦之中，所以愛的能量才會離開。」

「但如果這對新婚夫妻很有錢呢？或者他們的父母不是送他們小公寓，而是設備先進且大門有警衛駐守的六房公寓，還送他們好車，幫他們在銀行帳戶中存一大筆錢，這樣愛的能量會同意留下來嗎？這對夫妻可以在愛中活到老嗎？」

「他們到年老都會活在恐懼之中，沒有自由也沒有愛，只能眼睜睜看著周遭的一切慢慢老舊、腐敗。」

「所以這個挑剔的愛的能量到底想要什麼？」

「愛不挑剔也不固執，它希望的是神聖的創造。只要願意與它共同創造愛的空間，它就可以永遠溫暖那個人。」

「在妳描繪的計畫中，有任何地方是愛的空間嗎？」

「有的。」

「在哪裡？」

「在所有的地方。愛的空間會為伴侶兩人而生，接著為他們的孩子而生。孩子會透過三個存在層面，與整個宇宙建立起連結。

「你想像一下，弗拉狄米爾。一對男女會開始在愛中實現你我描繪的計畫，種出家族樹、草地和花園。當他們的創造在春天盛開時，他們會非常開心。愛會永遠在他們之間、在他們心裡、在他們四周。他們會在春天的花兒中看見彼此，記得他們當時如何一起種出盛開的樹木。覆盆子的味道會讓他們想起愛的滋味。秋天時，男女在彼此的愛中，觸碰覆盆子的樹枝。

「茂密的花園裡，有美麗的果實正在成熟，而這座花園就是他們一起完成，在愛之中種出來的。

「男人挖洞時，額頭汗如雨下；女人發出宏亮的笑聲，用手替他擦去汗水，然後在他發燙的嘴唇上親了一下。

「生命中常常只有一方有愛，另一方只是容忍對方待在旁邊。只要兩人開始打造自己的花園，他們就能共享愛的能量，愛的能量也永遠不會離開他們！畢竟，他們的生活方式會幫助自己活在愛中，並把愛的空間延續給孩子；與神一起撫養形象與模樣與祂類似的孩子。」

「阿納絲塔夏，多跟我講一些有關撫養小孩的細節，很多讀者都在問。如果妳沒有自己的制度，至少和我講講，現有的哪一種最好。」

30 按照祂的形象和模樣

「弗拉狄米爾，沒有任何一種養育制度能適合所有人，因為每個人都必須先捫心自問，自己想把孩子撫養成哪種人？」

「怎麼會問哪種人？當然是幸福又聰明的人啊。」

「如果是這樣的話，自己就要先成為那種人。如果自己沒辦法獲得幸福，也要知道是什麼阻礙了自己。

「我一直很想談談幸福的孩子。弗拉狄米爾，撫養他們，就等於在撫養自己，而我們現在一起描繪的計畫對此會很有幫助。你和所有人都知道，現在的孩子是如何出生的，大家都不重視出生之前的階段，剝奪了唯有人類孩子與生俱來的各種存在層面，因此才會無可避免地生出殘疾的孩子。」

「殘疾？妳是說沒手沒腳，或小兒麻痺症嗎？」

「殘疾不一定會表現在孩子的外在，有時候外表看起來很正常，但人還有第二個『我』，每個人都必須擁有完整的所有能量群：智慧、感覺、思想等等。然而，即使用現代降得很低的標準來衡量，你們的醫學就把超過半數的孩子都視為有缺陷了。如果你要證據的話，只要看看現在有多少間啟智學校就知道了，你們的醫學就是這樣認定的，單把這些孩子的能力，與他們認為比較正常的孩子去比較。但是，如果醫生能夠看到，智能和人類能量的內部群體在理想中是什麼樣子，他們就會發現，地球上出生的所有人當中，只有極少數可以被視為正常。」

「但照妳這麼說的話，為什麼所有孩子出生時都不夠完美？」

「技術治理的世界試圖不讓孩子的三個要素合而為一，它設法破壞人類與神聖智慧的連結線，讓這條線在孩子出生前就斷了。為了尋找這個連結，人類後來得痛苦地走遍世界，卻仍遍尋不著。」

「什麼要素？什麼與智慧的連結線？我完全不明白。」

「弗拉狄米爾，人在來到這個世界之前，許多方面都已經成形了。孩子的撫育過程必須與宇宙萬物有所接觸。神用了什麼創造祂的美好作品，祂的兒子不應該視而不見。父母必須把三個要素——三個首要的存在層面——呈現給自己的創造。

「首先是人類出生的第一個要素，稱為『父母的思想』。聖經和可蘭經都有講到這點：『太初有道』，不過可以講得更精確一點，那就是『太初有思想』。現代身為父母的人，都要記得他們是什麼時候在思想中想像自己的孩子，以及把孩子想像成什麼樣子？為孩子設想了什麼未來？為自己的創造打造了什麼樣的世界？」

「阿納絲塔夏，我認為大部分的人，在女人懷孕之前都不會想到這些，兩人就直接睡在一起。有些人也沒結婚，等到女朋友懷孕後才結婚，因為根本不知道她竟然會懷孕。所以提早想這些事情是沒有意義的，因為根本不清楚對方會不會生小孩。」

「遺憾的是，事情還真的是這樣，大部分的人都是在肉體歡愉後而懷孕的。然而，人類——神的模樣和形象——不應該是以歡愉後的產物來到這個世上。

「現在試想另一種情況，男女在對彼此的愛中，在對未來的創造的思想中，打造一座有生命的美好家園。他們想像自己的兒子或女兒在這個地方會有多快樂，孩子會如何聽到神的創造的第一個聲音——母親的呼吸聲和鳥兒的歌聲。他們接著想像長大成人的孩子在辛苦的旅程後，會如何走進父母打造的花園，坐在雪松樹蔭下休息，在這棵父母出於對他的愛及想著他時，在家鄉土地上親手種下的樹木下。未來父母種下的家族樹會決定第一個要素，進而號召眾多星球對未來的創造伸出援手。這個要素是必須的！很重要！尤其是這個要素是神與生俱來的！這會確定你之後創造的會與神類似！與祂類似，偉大的造物者！祂將因為自己子女的意識而感到開心。『太初有思想』，請相信我，弗拉狄米爾，當兩人的思想在愛中結合時，當兩人思考著美好的創造時，宇宙所有的能量流都將匯聚在他們身上。

「第二個要素，或說是另一個人類層面，是兩個身體在以下條件中合而為一時誕生的：在愛中、在美好創造的思想中、在為未來的孩子打造天堂樂園的地方，亦即有生命的家園中。這個要素的誕生，會在天空中點亮一顆新的星星。

「懷孕的妻子接著應該在那個地方生活九個月，這幾個月最好是在盛開的春季、芬芳的夏季，以及結果的秋季。除了快樂、愉悅的感受外，不會有其他事情使她分神。體內有著美好創造的她，身邊只有神聖創造的聲音。她在這裡生活，親身感受整個宇宙。這位未來的母親必須看得到星星，然後用思想把所有星星和星球送給自己美麗的孩子。母親可以很輕鬆就做到這一切，全部都在她的能力範圍之內。萬物會毫不遲疑地跟隨母親的思想，宇宙更會成為忠實的僕人，服侍兩人在愛中的美好創造。

「第三個要素——新興的層面——會在同一個地方產生。母親要在受孕的地方產下孩子，而且父親要在她的身旁，關愛萬物的偉大天父會為他們三人高舉桂冠。」

「哇！阿納絲塔夏，我不知道為什麼，但光是聽妳用說的，就讓我快要喘不過氣來。妳知道嗎，我能想像妳說的那種地方。噢，我真的想像得到！連我也希望在那種地方重新出生一次，這樣我現在就能走進父母所栽植的美麗花園裡休息，坐在父母在我出生前為我種下的茂密樹木底下；在這母親受孕和我出生的地方；母親在花園裡一邊想著還沒來到世上的我，一邊散步的地方。」

「這個地方會帶著極大的喜悅，迎接你的到來，弗拉狄米爾。如果你的身體生病了，它會治好你的身體；如果是靈魂病了，它也會治好你的靈魂；如果你感到疲倦，它會給你吃的和喝的。它會在你平靜的夢鄉中擁抱你，用愉悅的晨曦將你喚醒。然而，你和現在地球上大部分的人一樣，都沒有這樣的地方。你沒有自己的家鄉，一個存在層面可以結合的家鄉。」

「但為什麼我們現在的一切會變得這麼糟？而且為什麼現在的母親仍然一直生出智能不足的小孩？是誰奪走了我的這種地方？是誰把別人的這種地方拿走了？」

「弗拉狄米爾，會不會是你自己沒有為女兒波琳娜打造這樣的地方呢？」

「什麼？妳言下之意是指，女兒沒有這種地方，是我的錯嗎？」

31 但是誰的錯？

「可是，我不知道可以做到這麼好。唉，真是可惜，生命不能回頭，把一切都修正。」

「為什麼要回頭？生命是延續的，每個人在任何時刻都有機會創造美好的生活方式。」

「生命當然是延續的，可是像活到老了還能帶來什麼好處？現在老人都期待孩子幫助他們，可是孩子自己都失業了。況且，要怎麼撫養已經長大成人的孩子？」

「還是能給長大成人的孩子神聖的撫養。」

「但要怎麼做？」

「你知道嗎？如果老人向自己的孩子道歉，會是件好事，真心懺悔自己沒有給他們無憂無慮的世界，為骯髒的水源和汙染的空氣道歉。

「再讓他們用年邁的雙手，開始為長大成人的孩子，建造真正且有生命的家。唯有老人的腦海出現這樣的想法，他們的生命才會延長。當老人用手觸摸自己的家鄉時，相信我，弗拉狄米爾，孩子會回到他們身旁的。或許有老人來不及把家『種』完，但孩子可以把他們葬在他們的家鄉，幫助他們重生。」

「葬在他們的家鄉？妳說的家鄉是指祖傳的土地，所以我們應該要把父母葬在這塊土地上，而不是公墓裡嗎？還要在那裡為他們豎紀念碑嗎？」

「當然是在這塊土地上，在他們親手種出來的森林裡，但他們不需要人造的紀念碑，因為周圍的一切都會成為對他們的紀念。你身邊的一切每天都會讓你在想到他們時感到開心，而不是難過。你的家族將會永垂不朽，畢竟只有美好的回憶才能將靈魂帶回地球。」

「等一下，那公墓呢？難道完全不需要公墓嗎？」

「弗拉狄米爾，現在的公墓已經像是垃圾坑，大家把自己不要的東西丟到那兒。前不久，還會有人把遺體葬在家族的墓穴、禮拜堂和教堂，只有舉目無親和誤入歧途的人才會被葬在村莊之外。現在卻只剩下流傳已久，但已扭曲的紀念儀式：三天一次，再來九天，然後半年、一年等等……最後只流於形式而已。逝者的靈魂漸漸被活著的人淡忘，就算活著的人也時常被遺忘，比方像孩子拋棄父母，跑到很遠的地方。這並不是孩子的錯，他們會跑走，是因為直覺感受到父母的謊言，感受到自己的志向沒有希望。他們因為絕望而跑開，自己卻也掉入同樣的死胡同。

「宇宙中一切的安排，會先讓地球上因美好回憶而被呼喚的靈魂，以物質的肉體再度誕生。不是那些儀式，而是真誠的感受。當逝者因為自己的生活方式留下愉快的回憶時，他們就會出現在地球上還活著的人的心中。當紀念他們不是用儀式，而是用真實且摸得到的方式時。

「和宇宙中其他眾多的人類存在層面相比，人類的物質層面同等重要，我們應該要珍惜與它的關係。

「在父母親手栽種出的這片森林裡，小草、花朵、樹木和灌木叢會從他們被埋入土裡的身體中冒出。你會看到這些植物，並且從中得到快樂。你每天都會接觸到父母親手打造的家鄉一角，你會在潛意識中與它們溝通，它們也會和你溝通。你聽過守護天使嗎？」

「聽過。」

「這些守護天使——你的遠古和近代祖先——會試著保護你。他們的靈魂會在三個世代後再度體現於地球上，即使他們不在地球的物質層面中，靈魂的能量也會像守護天使般，每分每秒地守護你。沒有人可以帶著敵意走進你的祖傳土地。人人都有恐懼的能量，而這種能量會在侵略者的心中被激起，使他因為壓力而承受多種疾病，最後被這些疾病毀滅。」

「最後才被毀滅？可是在這之前，他可以製造很多亂子。」

「如果知道自己避免不了懲罰，弗拉狄米爾，那還會有誰想要侵略呢？」

「但如果不知道呢？」

「現在每個人都能憑直覺知道。」

「好吧，姑且相信妳說的侵略者，但如果是朋友呢？像是我想邀請朋友作客，可是他們來的時候，周圍的一切卻把他們嚇跑。」

「你的朋友只要思想純淨，周圍的一切都會像你一樣開心。這裡可以舉狗的例子：如果有朋友拜訪養狗的主人，忠誠的看門狗並不會招惹他；如果是侵略者來攻擊的話，忠誠的狗兒就會準備與他殊死搏鬥。

「在你家鄉的土地上，每株小草對你和你的朋友都有療癒的作用，每陣微風都會為你們，從花朵、樹木和灌木叢上帶來具有療效的粉。你所有祖先的能量都會待在你的身旁，眾多星球會在共同創造的期待中等候你的指令。

「愛人的目光會永遠映射在美麗花朵的每片花瓣上，你撫養的孩子會與你溫柔地講話超過數千年。你會在新的世代中重生，你會與自己對話，你會撫養自己。你將與天父創造共同的創作。在你的家鄉、你的愛的空間裡，將會存在一股神聖的能量，那就是愛！」

阿納絲塔夏在泰加林裡和我描述土地時，她的語調和熱情都令我驚嘆不已。即使在我後來離開，也寫完這幾段文字後，還會經常思考：讓每個人都有這種土地——她所謂家鄉的土地——真的這麼重要嗎？即使只剩下最後一口氣，還是能撫養已經長大成人的孩子嗎？真的可以透過祖傳的土地和父母對話，讓他們的能量保護你的性靈和身體嗎？

而就在一次偶然之下，生命自己消除了我的所有懷疑。事情是這樣的……

32 石墓旁的老人

三年前，我去了北高加索山區一趟，第一次寫下有關石墓的章節。雖然現在赴當地的旅客絡繹不絕，可是在那之前，很少有人去參觀我們祖先的這些古老結構物。那時，我常常隻身前往格連吉克區的普沙達村，去參觀一座石墓，它位在一位名叫邦巴科夫的農夫的土地上。這位老先生每次都出其不意地出現在石墓旁，老是讓我吃驚。他總是穿著一件縫有補丁的襯衫，帶著一罐從自己養蜂房採集的蜂蜜。

這位老先生瘦瘦高高的，行動非常矯健。他才剛拿到這塊地不久，是在經濟重建初期的時候。我對他的印象是，他很急著想把土地上的一切打理好：蓋一棟小屋，替蜂箱搭棚子，用各種廢棄的材料蓋了幾間農舍；他也開始種菜和挖小池塘。他以為自己挖的地方會湧出泉水，最後卻是挖到岩層。

另外，邦巴科夫老先生也很細心地照顧石墓，經常打掃周圍的環境，還把田裡的石頭堆在石墓旁。他告訴我：「這些石頭是由人的雙手帶過來這裡的，你看，它們和周遭的石頭都不一樣。以前的人都是用這些石頭堆出墳塚，然後在上頭搭建石墓。」

老先生的農場離村莊和幹道有一段距離，他大部分的時間都是一個人工作。我心想：他難道不知道，自己付出的勞力毫無意義嗎？他沒有辦法弄起一座農場、耕作土地、蓋個像樣的現代房屋。即使真有奇蹟發生，成功改善了四周的土地、建立起農場，他也不太可能開心得起來。現在所有人的小孩都想往城市發展，他的兒子確實也和妻子住在莫斯科當公務人員。

難道他不曉得自己的努力沒有意義嗎？他的努力對任何人都沒有用，甚至孩子也不需要。如果他知道自己的房舍終將荒廢；如果他知道不斷生長的雜草終將蓋過一切，蜜蜂會成群飛走，農田中央突兀的石墓會再次被丟滿垃圾，他會帶著怎樣的心情離開人世？他都一把年紀了，應該要好好休息。他卻像是上了發條，沒日沒夜地不知道在挖什麼、在蓋什麼。

有一次，我在入夜後走去看石墓。月亮照著通往石墓的小徑，周圍一片寂靜，只有樹葉在風中搖曳的窸窣聲。我停下腳步，離石墓周圍的樹木只有幾步路。

老先生坐在石墓門旁的石頭上，我立刻認出他消瘦的身形。平常靈活又活潑的他，卻坐在那兒一動也不動，而且好像在哭。他接著站起身來，用快速的步伐在石墓門的附近來回徘徊。忽然，他停了下來，轉頭望向石墓，堅定地揮起手來。我知道他正在與石墓溝通，在與它對話。

我轉過身，盡可能踏著輕輕的步伐走回村莊。我一路上想著：無論石墓之靈多有力量、多有智慧，它要怎麼幫助這位已屆垂暮之年的老先生？用什麼方式？難道只透過那樣的溝通嗎？智慧！年輕的時候才需要智慧，老了還要幹嘛？有誰需要？孩子都早在千里之外了，誰還會要充滿智慧的言論呢？

一年半過後，我按照慣例又來到了格連吉克，這次也前往老先生田裡的石墓。我知道他已經辭世，所以有點難過，再也看不到這個活潑又堅定的老先生，再也嚐不到他從養蜂房採集的蜂蜜。而我最在意的是，我不想看到石墓周圍再次充滿垃圾、一片荒涼的景象，然而……

從幹道通往農場的小徑竟然打掃得很乾淨，在小徑轉向石墓的轉彎處，有幾張木桌和板凳擺在樹木之間，還有一座漂亮的涼亭。小徑上鋪著整潔的白色石子，兩旁是綠色的柏樹樹苗。燈光從屋舍的窗戶透出來，屋外的路燈也是燈火通明。

是他的兒子！邦巴科夫老先生的兒子謝爾蓋從莫斯科回來了，他辭職後和妻小一起搬回了父親的農場。

我和謝爾蓋坐在樹下的桌子旁……

「我爸爸打電話到莫斯科請我回來，我回來後看了一下，然後把家人也帶來了。」謝爾蓋說，「我和爸爸一起在這裡工作，和他工作非常開心。他去世後，我更不能拋下這裡。」

「你不後悔離開莫斯科嗎？」

「不後悔，我太太也不後悔。我每天都感謝爸爸，這裡讓我們舒適多了。」

「你是在屋裡做了什麼設施嗎？例如接水管？」

「設施啊……房子前面的廁所是父親生前蓋的。不過我說的舒適不是這個意思，是指內心變得更舒坦、更完整。」

「這裡工作如何？」

「這裡的工作很多，要重新建立菜園、處理養蜂房。我還沒完全理解如何與蜜蜂相處，可惜來不及從父親身上學到這項技能。現在有越來越多人來參觀石墓，我們每天都在迎接一台又一台的公車，我的妻子很樂意幫忙。父親生前要我們迎接訪客，我也照他的話去做了。

我設了一座公車站，還想要裝設水管，可是一直有繳稅的困擾。我們現在資金不足，幸好當地政府還肯幫忙。」

我告訴謝爾蓋，阿納絲塔夏對土地、對紀念父母的說法，他則回答我：

「你知道嗎，她說得對！百分之百正確！我父親雖然去世了，但我彷彿每天都在和他說話，有時還會爭吵。他與我越來越親近，好像從沒離開過人世。」

「怎麼會？你是怎麼和他說話的？像靈媒那樣聽到他的聲音嗎？」

「當然不是，更簡單！你有看到那個洞嗎？那是他在尋找水源，卻只挖到岩層時留下來的。我原本想要把洞填滿，然後擺張桌子和板凳。我那時心想：『老爸，你在做什麼啊？做事都不想清楚，害我要做多餘的工作，我事情都已經夠多了。』一直到後來下雨，水從山上流下來，注滿了整個洞，水就這樣好幾個月沒有流掉，形成了一個小池塘。我心想：『幹得好，老爸！你挖的洞總算有用處了。』他在這裡還想出了很多其他東西，我還在試著理解。」

「謝爾蓋，他究竟是怎麼把你從莫斯科拉來的？他說了哪些話？」

「他只是把所有的情況告訴我，就是很一般的話。我只記得他的話讓我產生了某種新的感受和渴望，所以我就到這兒來了。謝謝你，老爸。」

邦巴科夫老先生在與石墓溝通時，究竟領會了哪些話？他得到了什麼智慧，可以讓兒子回來看他？而且是回來一輩子！可惜他們把老先生葬在公墓，而不是像阿納絲塔夏說的那樣葬在他的土地上。我也羨慕起謝爾蓋，羨慕他的父親為他找到，或者說，是創造了一個家鄉。我以後也會有嗎？別人呢？阿納絲塔夏的林間空地也好，邦巴科夫的也好，所有人最好都有一個自己的家鄉！

33 學校——或者說神的課程

在我最後一次前往邦巴科夫那片土地的石墓，並和他的兒子聊天之後，阿納絲塔夏和我所說的家鄉、她對土地的規畫，更清楚地浮現在我的心中。阿納絲塔夏當時拿著樹枝在地上畫了未來的美好聚落，裡頭一塊塊的土地一直都留在我的腦海中。她帶著與平常不同的語調，如此投入地嘗試描述這些土地，彷彿可以在原是一片荒土的花園裡，聽見樹葉發出窸窣聲、清澈的溪水激起水花，看見幸福又美麗的男男女女生活在其中。還有孩子的嘻笑聲，以及他們在一天結束時唱的歌。不過，這個奇特的計畫仍讓我心裡產生許多疑問：

「阿納絲塔夏，可是為什麼從妳畫的來看，好像每塊土地之間都沒有連接？」

「這個美麗的聚落必須有通道、小徑與道路，所有土地的每一邊和緊鄰的土地之間都至少有三公尺。」

「這個聚落會有學校嗎？」

「當然有，你看，學校就在所有土地的中心。」

「我想看看這所新式學校會有什麼樣的老師，還有他們會怎麼上課。或許會像是我在謝琴寧學校看到的那樣，現在很多人都到那裡求學。大家都喜歡這所在泰克斯村的森林學校，很多人也想在當地創辦這種學校。」

「謝琴寧學校的確很棒，是邁向未來學校的一步──孩子在新式聚落中就讀的學校。謝琴寧學校的畢業生可以協助建立學校，並在學校裡面教書，但重要的不只是老師的培育和智慧，家長在這種新式學校裡也要教導自己的孩子，並從孩子身上學習。」

「但要怎麼讓家長在短時間內變成老師？難道所有家長都會受高等教育，甚至專業的訓練嗎？現在的科目五花八門，包括數學、物理、化學和文學，學校裡有誰可以教導孩子這些呢？」

「所有人的教育程度當然不會相同，但對科學和其他科目的認知不應是最終目的，重要的是知道如何過得快樂，而這只有家長能夠以身作則。」

「家長完全不需要講授傳統認知上的學校課程，舉例來說：他們可以參加團體討論，或是一起舉辦考試。」

「考試？誰的考試可以由家長舉辦？」

「自己孩子的考試。孩子也可以考他們，考自己的父母。」

「家長舉辦孩子的學校考試？！這簡直太可笑了！這樣所有孩子都可以拿滿分了，有哪個家長會讓自己的孩子不及格？想也知道，所有家長都會給自己的兒子或女兒滿分。」

「弗拉狄米爾，別這麼快下定論。除了有像現代學校的課程外，新式學校還有其他更重要的課程。」

「其他課程？哪些？」

我的腦海突然有個想法閃過：如果阿納絲塔夏能夠輕鬆地給我看幾千年前的場景（不管她是怎麼辦到的，是借助於光、催眠，還是什麼其他的，反正她就是做得到），那就表示……表示她可以讓我看到不久的將來，於是我問她：

「阿納絲塔夏，妳可以讓我看看新式聚落的這所未來學校嗎？至少一堂課也好。可以看非傳統的課堂嗎？」

「可以。」

「那就讓我看看吧，我想和我在謝琴寧學校看到的比較，還有和我自己在學校上的課比較。」

「但是你不會再問我是用什麼力量創造未來的景象，也不會因此嚇到吧？」

「妳是怎麼辦到的對我來說不重要，我只是很想親眼看到。」

「那就躺在草地上，全身放鬆、安心入睡。」

阿納絲塔夏將手輕輕放在我的手掌上，然後……

我看到了，彷彿是從上往下看。在眾多一塊塊的土地之中，有一塊的內部規畫和其他所有的土地不同。裡頭有幾棟大木屋，中間由小徑連接，小徑兩旁各是不同的花圃。在一些建築旁有座天然的戶外劇場，長椅呈半圓形沿著坡地逐排而下，男女老少近三百人坐在上面，其中有灰髮蒼蒼的老年人，也有非常年輕的觀眾。看起來有好幾個家庭，因為坐在一起的有成年男女和不同年齡層的小朋友。所有人都很興奮地交談，似乎是在等待什麼特別的表演，像是超級巨星的演唱會或總統的演說。

觀眾席前方的木造舞台上有兩張小桌子和兩張椅子，後面有一塊大黑板。一群小朋友在舞台旁，大約十五人，年紀從五歲到十二歲都有，不知在熱絡地討論什麼。

「待會就要開始一場像是天文研討會的活動了。」我聽到阿納絲塔夏的聲音。

「為什麼小朋友會在這裡？家長沒有把他們交給誰照顧嗎？」我問阿納絲塔夏。

「在那些正在討論的小朋友之中，有一個待會要發表專題演講。他們正在選人上台。你看，現在有兩個候選人：一個九歲的小男孩和八歲的小女孩。小朋友在投票了，大部分的人選擇讓小男孩上台。」

小男孩一臉精明又自信地走到桌子旁，從厚紙板文件夾中拿出幾張畫有草稿和圖案的紙放在桌上。其他小朋友有的慢慢走，有的連跑帶跳地回到觀眾席，坐在自己的父母身旁。滿臉雀斑的紅髮小女孩——另一位候選人——驕傲地仰起頭走過桌子，手中的文件夾比小男孩的更大更厚，裡面可能也裝了一些圖和草稿。

桌子旁的小男孩試圖與經過他身邊的小女孩講話，但是她沒有停下來，而是順直自己的紅色辮子，然後與他擦身而過，還故意撇過頭不看他。小男孩分神地看著驕傲的紅髮小女孩走遠，過了一會後才回頭專心整理自己的資料。

「究竟有誰可以教這群小朋友天文學，讓他們程度好到可以在大人面前演講？」我問阿納絲塔夏。

她回答：

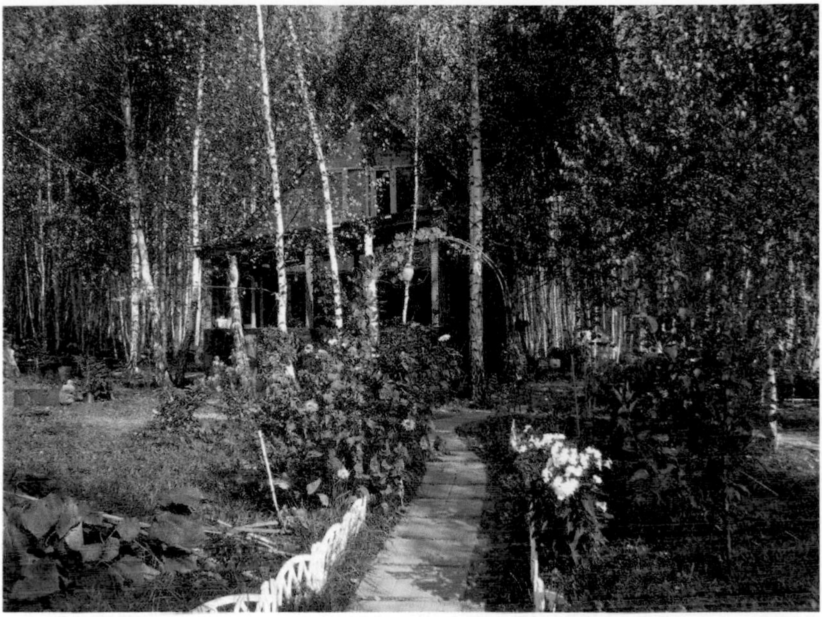

自從鳴響雪松系列書在俄國出版後，大大小小的祖傳家園在世界各地如雨後春筍般冒出。

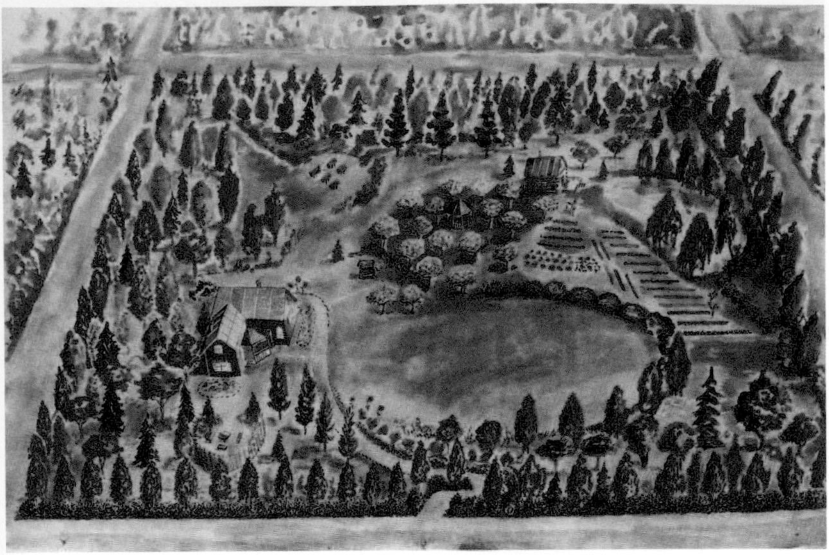

讀者繪製的祖傳家園設計圖

有生命的家園

德國的一個祖傳家園空照圖，其中有果園、菜園，以及幾間「活的」房屋。

由空心樹幹做成的蜂巢，直徑四十公分、長度一點二公尺，朝上的一邊倚靠著楊柳樹。參考第一集第十二章。

以土耳其榛樹種出的涼亭，會開花，也會結可食的堅果。

樹枝隨著生長漸漸交合成像圓木屋一般堅固的牆壁，最終會密合，且依然生氣蓬勃。

以超過一千三百顆歐洲白蠟樹種出的五房屋。

圖片提供：Konstantin Kirsch，www.treedome.com

周圍的一切都會珍惜並餵養你和你的孩子

——阿納絲塔夏（第二十七章）

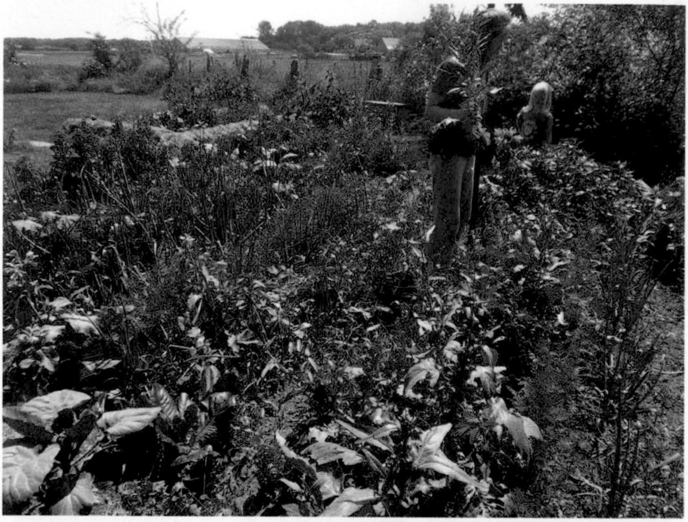

德國普羅特（Prötel）一家人的祖傳家園：生機盎然的菜園（上圖）、五彩繽紛的豐收（下圖）。

計畫與願景

位於德國的斐達伊綠夏協會（Weda Elysia）正籌劃建立一個祖傳家園聚落

聚落模型

初建家園

家園入口

神與女神

圖片提供：Aruna Maria（繪圖）& Maik Palitzsch-Schulz，www.weda-elysia.de

俄國科夫切格(Kovcheg)祖傳家園聚落

兩個家園之間的小徑，兩邊是由不同樹木種成的圍籬。

在自己家園中經營苗圃的米哈伊爾，種出了五顏六色的圍籬。

伊蓮娜（右）的家園，身旁是她的鄰居妮娜。

伊蓮娜的花園，正中央是綠色屋頂、像一座山丘的儲藏室。

德米特里家園中的小雪松和以樸門永續設計方式開鑿建造的湖泊

社區中心，在裡頭舉辦的活動有：家長帶領的孩子教育班、舞蹈、瑜伽、合氣道等等。

社區中心是孩子的學校

俄國斯拉夫諾耶祖傳家園聚落

沙德洛夫一家人與他們的家園

沙德洛夫夫妻親手建造的房屋

在自己的森林中採集野生香菇

米克海和阿尤娜的家園

聚落的慶典

吟遊歌者表演

俄羅斯民俗舞蹈

「沒有人教他們，只給了他們問題，讓他們自己思索一切是如何構成，然後準備自己的論點，最後呈現出來。他們準備了兩個多禮拜，現在到了最後關鍵的時刻。在座的每個人想要的話，都可以反對他們的論點，而他們要捍衛自己的看法。」

「所以這是一種遊戲嗎？」

「你可以把這個活動當成遊戲，不過過程是很認真的。這個活動會讓每一個人產生並加速有關星際結構的思考，或許還會出現其他更廣的思考。這些小朋友畢竟想了兩個禮拜，沒有任何的教條限制他們的思考，也沒有任何星際結構的理論左右他們。還不知道他們會想出什麼來。」

「妳的意思是說，小朋友是用自己的頭腦幻想嗎？」

「我是說，他們會得出自己的版本，畢竟連大人自己對星際結構都沒有個定論。這場研討會的目的不是要訂出什麼準則，而是要加快思考的速度，進而判斷真理或靠近真理。」

有個年輕男子走到第二張桌子。他在宣布活動開始後，小男孩開始講話。

他在台上自信且投入地講了二十五至三十分鐘。他的演講內容對我而言，只不過是孩子的天馬行空，沒有任何科學理論的根據，甚至連中學的基礎天文知識也沒有。小男孩的演講內容大概是這樣的：

「如果晚上抬頭觀察天空，會看到很多顆發亮的星星。各種星星都有，有的很小，有的比較大。不過，小的星星也可能很大，只是我們一開始會以為它們很小，但它們其實很大。飛機在天上飛的時候看起來也很小，但當它停在地面上、我們靠近它的時候，才發現原來它很大，裡面可以坐很多人。所以，每顆星星也能容納很多人，只是現在上面沒有住人。星星會在晚上發亮，大的發亮，小的也會。它們發亮是為了讓我們看見它們、想到它們。它們希望我們能像對地球那樣，也在它們那邊做好事。它們有點羨慕地球，很希望像我們一樣有漿果和樹木生長，也想要有一樣的小溪和魚兒。星星在等我們，每一顆都盡全力發光，好讓我們注意到。但是我們還不能飛到它們那邊，因為我們這邊還有很多事情要做。只要我們把這裡的事情做完，地球的每個地方都變得美好之後，我們就能飛去星星那兒。不過我們不是坐飛機或火箭，因為飛機要坐很久，坐火箭又久又無聊。而且飛機和火箭裝不下所有東西，很多東西都放不進去，像樹木和小溪都不行。我們把整個地球上的一切弄好後，我們就要帶著整個地球飛到第一顆星星上。除此之外，也有一些星星想要自己飛來地球，緊緊地靠在地球上。它們已經送來自己的碎片，用這些碎片依偎著地球。大家一開始都以為那是彗星，不過那其實是強烈渴望貼近美麗地球的星星碎片，是正在等待我們的星星送過來的。我們可以帶著整個地球，飛到很遠的星星。只要有人願意，都可以留在星星上，像對地球那樣把星星弄得很漂亮。」

小男孩拿起紙張給觀眾看，上頭畫著星空的圖案，還有地球飛往星星的軌道。在最後一張圖上，有兩顆星星上面有盛開的花園，地球正離它們遠去，繼續自己的星際之旅。

當小男孩報告完畢，展示完手中的圖畫時，主持人宣布任何人都可以發言反對，或根據聽到的內容提出自己的見解。但是沒有人急著發言，現場鴉雀無聲，他們似乎在擔心什麼。

「他們在擔心什麼？」我問阿納絲塔夏，「難道沒有大人瞭解天文學嗎？」

「他們擔心，是因為必須把話講得有根據，而且要讓人聽得懂。畢竟他們的孩子也在場，如果說的話無法讓孩子的靈魂聽懂或接受，那麼大家就會對說話的人不信任，更糟的還可能產生敵意。大人相當珍惜自己與孩子的關係，所以才會擔心而不想冒險。他們害怕別人覺得自己不公正，尤其是在自己的孩子面前。」

許多人開始把頭轉向坐在觀眾席中央的灰髮長者。他的手勾在一位紅髮小女孩的肩上，她就是剛剛的另一個報告候選人。兩人旁邊坐著一位非常漂亮的年輕女子。阿納絲塔夏向我解釋：

「現在很多人在看觀眾席中央的灰髮男子，他是大學教授和科學家，現在退休了。他的人生一開始並不順遂，也沒有孩子。十年前，他取得了一塊地，開始一個人建造土地上的一切。後來有個年輕的姑娘愛上了他，並且生了那位紅髮小女孩。坐在他們旁邊的年輕女子就是他的妻子，也是小女孩的母親。那位退休的教授非常疼愛自己遲來的孩子，而他的女兒——紅髮小女孩——也非常敬愛父親。在場很多人都覺得，教授應該第一個發言。」

可是那位灰髮的教授遲遲沒有講話。看得出來，他因為緊張，不停地捏著手上的雜誌。後來他終於起身，說了一些有關宇宙結構、彗星、地球質量的言論，最後做了這樣的結論：

「地球這個星球當然會在太空中移動及轉動，但是它與太陽系之間有著不可分割的連結，沒有辦法獨立移動。它無法離開太陽系，移動到遙遠的銀河。地球上所有生物的生命是太陽賦予的，遠離太陽會讓地球的溫度急遽下降，造成星球的死亡。我們所有人可以觀察一下，太陽只是離遠一點，地球就發生了什麼事？進入冬天……」

教授忽然停了下來，報告的小男孩一會兒慌張地翻閱他的圖畫，一會兒用疑惑的眼神望向一起準備報告的組員。然而，冬天和降溫這個論點，對大家而言顯然非常合理且好懂。這個論點打破了孩子對共同飛行的美好夢想，現場瞬間陷入沉默。半分鐘後，才又聽到教授的聲音：

「冬天……如果地球沒有足夠的太陽能，生命總是會處在停滯的狀態。一直都是如此！不需要任何的科學理論，就可以看見這一點……並且相信……。但是，地球本身也可能擁有和太陽一樣的能量，只是還沒顯現出來，尚未有人發現。或許你們能在未來某一天發現……或許地球可以自給自足，這種能量會以某種方式顯現……地球上會出現太陽的能量，會像太陽能那樣使花朵的花瓣打開。到了那個時候，我們就可以和地球一起翱遊銀河……是啊，到了那個時候……」

教授的思緒突然中斷，他停了下來。觀眾席這時出現不滿的聲音，然後開始……

大人紛紛從自己的位子起立發表意見，反駁教授關於沒有太陽還能存活的可能性。有人講到植物的光合作用，有人提到環境的溫度，還有人說到星球的軌道，沒有任何星球可以偏離軌道。教授坐回位子，頭越來越低。他的女兒每次都會把頭轉向發言的人，有時還會稍微站起來，似乎是想捍衛自己的父親。

一位看似老師的年長婦女抓到發言的機會，開始說不能因為想讓孩子對自己有好感，就放任他們或刻意討好他們。

「任何謊言最後都會被揭穿，我們到時看起來會是什麼樣子？這不只是謊言，是膽小！」

那位婦女說。

小女孩緊緊抓著父親西裝外套的衣角，開始搖起父親，幾乎快要哭了出來。她用嘶啞的聲音說：

「爸爸，你說的能量是騙人的……爸爸，你是不是說謊？因為我們是小孩嗎？阿姨說你是膽小鬼，這樣是不是不好？」

露天劇場這時一片安靜，教授抬起頭看著女兒的眼睛，把手放在她的肩膀上，輕聲地說：

「親愛的，我相信自己說的話。」

小女孩一開始沒有講話，後來迅速地站到椅子上，用稚氣的聲音對著觀眾大喊：

「我爸爸不是膽小鬼，他相信自己說的話！他相信！」

小女孩掃視安靜的觀眾席，但是沒有人看向他們那邊。她轉頭看著母親，但是那位年輕的女子撇開頭，頭低低地一下子解開襯衫袖子的鈕扣，一下又把它扣起來。小女孩再度掃視安靜的觀眾席，然後看著自己的父親。教授依舊無助地看著小女兒。在鴉雀無聲的觀眾席中，小女孩的聲音轉為輕柔，低聲地說：

「爸爸，大家不相信你，因為地球上還沒有能量出現。他們不相信有能量可以像太陽那樣讓花朵打開花瓣。只要它出現，大家就會相信你了。等到它出現，大家就會相信你。等到……」

教授的女兒忽然迅速地撥直瀏海，跳到觀眾席的走道上開始奔跑。她跑到露天劇場的邊緣，再衝向附近的一棟房子。她跑進房裡，大約過了兩秒後又出現在門邊，雙手捧著種有某種植物的花盆。她帶著花盆跑向已經空無一人的講桌旁，把花盆放在桌上，用稚氣的聲音大聲且自信地對在場的觀眾說：

「這是一朵花，現在還沒開花。今天所有花都還沒開，因為沒有陽光，可是它們會打開的，因為地球上有能量……我要……我要把自己變成能量，讓這些花綻放。」

小女孩握緊拳頭，開始盯著那朵花，絲毫沒有眨眼。

坐在台下的觀眾不再交談，全部望向小女孩和桌上種有某種植物的花盆。

教授緩慢地起身，走向女兒。他走到女兒身旁，抓著她的肩膀，想帶她離開。可是她聳起肩膀，輕聲地說：

「爸爸，你還是幫幫我吧。」

教授把手放在女兒的肩膀上，站在旁邊完全不知所措，直到後來才跟著一起注視那朵花。

花朵沒有任何動靜。我開始對小女孩和教授感到有些遺憾，但確實是因為他宣稱自己相信那種未知的能量，才害得他落得如此處境！

突然間，剛才報告的小男孩從第一排起身，他稍微轉過身子，面向靜悄悄的觀眾席，用鼻子大力吸了一口氣後，往講桌的方向走去。他沉穩且有自信地走到講桌旁，站在小女孩的身邊，和她一起注視陶盆中的植物。然而，植物當然依舊沒有動靜。

接著我看到了！我看到不同年齡的小朋友紛紛從位子上起身，一個個走向講桌。他們靜靜地站在一起，專注地看著那朵花。最後一個年約六歲的小女孩，雙手抱著自己還很小的弟弟，千辛萬苦地擠到前排。弟弟則是在大家的幫忙下，站在講桌前的椅子上。小男孩先是看了看周圍站著的小朋友，後來轉頭看著花朵，開始對它吹氣。

忽然間，花盆中的植物開始慢慢地打開其中一朵花的花瓣，過程非常緩慢，但在場安靜的觀眾都注意到了，有些人還默默地從位子上起身。接著桌上的第二朵花也打開了花瓣，同時還有第三朵、第四朵……

「哇！」那位看似老師的年長婦女用小孩般的聲音驚呼，接著鼓起掌來。觀眾席響起了掌聲。教授退到一旁揉揉自己的額頭，看著小朋友圍著花朵歡呼，而他年輕貌美的妻子這時從觀眾席跑到台上，連跑帶跳地撲向教授，繞住他的脖子，開始親吻他的臉頰、嘴唇……

紅髮小女孩想走到正在親吻的父母身旁，可是剛剛報告的小男孩阻止了她。她把自己的手臂甩開，但在走幾步之後又回頭。她走到小男孩的身邊，幫他扣上襯衫上解開的鈕扣，然後帶著微笑迅速地轉身，跑向抱在一起的父母。

越來越多人從觀眾席走到講桌，有人手裡抱著孩子，有人和報告的小男孩握手。小男孩站在原地，一隻手和別人握手，另一隻手抓著剛剛小女孩幫他扣上的鈕扣。

突然有人彈起巴揚手風琴，旋律介於俄羅斯和吉普賽民謠之間。有位老人踱著腳步走上舞台，還有一位豐腴的女子像天鵝般進場。另外兩名年輕男子已經跳起雄赳赳的踢腿舞。越來越多人把注意力轉向歡樂的俄羅斯民俗舞蹈，那朵打開花瓣的花也看著這個場景。

接著這個不可思議的學校場景突然消失，就像螢幕被關掉那樣。我坐在草地上，四周是泰加林的植物，阿納絲塔夏則坐在我的身旁。我的內心仍感到一些激動，還聽得到大家開心的笑聲，以及歡樂的民俗歌曲，讓我捨不到離開這一切。當腦中的聲音漸漸消失時，我和阿納絲塔夏說：

「妳剛剛給我看的完全不像學校課程，比較像是左鄰右舍的家庭聚會。而且在場沒有任何老師，一切都自然而然地發生。」

「弗拉狄米爾，現場有老師，一位聰明的老師。他沒有讓任何人因為他而分散注意力。」

「但為什麼家長要在場？他們的情緒反應只會製造壓力。」

「情緒和感受會讓思考加速好幾倍。這間學校每個禮拜都有類似的課程，老師和家長的志向一致，孩子也覺得自己和他們平起平坐。」

「可是家長參與孩子的教育還是有點不太尋常，畢竟他們沒有受過專業的師資培訓。」

「弗拉狄米爾，大家已經習慣把自己的孩子交給別人照顧，無論是交給誰，是學校，還是其他機構也好，都讓人非常難過。大家把孩子交給別人，多數人甚至不知道孩子被灌輸了什麼世界觀，不知道別人的教育幫他們決定了什麼命運。把孩子交給未知數，就是在讓自己失去孩子。因此，將孩子送給別人教育的母親，反而會被孩子遺忘。」

＊＊＊

該是回去的時候了。在這裡接收的資訊量，已經大到我無法感受或注意到周遭的事物了。我和阿納絲塔夏道別時有點急，我和她說：

「別送我了。我要一個人走，思緒才不會被打斷。」

「好，別讓任何人打斷你的思緒。」她回答，「爺爺會在河邊等你，用船把你載到碼頭。」

我朝著河邊的方向，一個人走在泰加林裡，思考著我在這裡看到及聽到的一切。有個問題不斷地出現：我們為什麼會變成這樣？我說的「我們」是指大多數的人。每個人看起來都有家鄉，卻沒有人擁有屬於自己的一小塊家鄉之地。國內甚至也沒有立法，保證每個人及其家庭都有機會終身取得至少一公頃的土地。不斷異動的政黨和領導人都保證有各種福利，卻都避談人人擁有一塊家鄉土地的問題。為什麼？畢竟我們幅員廣大的國家是由很多小土地組成——世代相傳的小土地，裡頭有花園和房子。如果沒有人有這樣的土地，這個國家還剩下什麼？必須立法讓每個人擁有一塊家鄉的土地，讓每個想要的家庭都能如願。國會可以通過這樣的法案。國會議員是我們所有人選出來的，表示我們必須投票給同意這項法案的人。要立法！法條該怎麼寫呢？或許像這樣？

政府應向每對提出申請之夫妻發放一公頃土地，供其終生使用且後代有權繼承。不得對家族土地之農產品徵收任何稅賦，且不得販售家族土地。

這樣應該可以，可是如果有人領了土地，卻什麼事都不做呢？所以法條還要規定：

若逾三年未使用土地，政府得以將其收回。

但如果有人想在城市裡生活、工作，把土地當做夏屋來使用呢？那也沒關係。女人還是會到自己的祖傳家園生育下一代，而沒有做到的母親是不會被孩子原諒的。不過要由誰推動這樣法案？政黨嗎？哪一個政黨？必須組織這樣的政黨，但由誰負責？要去哪找這樣的政治人物？

我們必須想辦法找到，越快越好！不然你可能到死前，都沒去過自己的家鄉，你的孫子孫女也不記得你。這樣的機會什麼時候才有？什麼時候才有機會說出：「哈囉，我的家鄉！」？

＊＊＊

阿納絲塔夏的爺爺坐在河岸的木頭上。小木舟綁在附近的岸邊，隨著河水輕輕地晃動。「順著水流往下划到對岸幾公里外最近的碼頭並不難，但是他要怎麼逆著水划回來？」我在與老人家打招呼時，心裡想著這個問題，然後問了出口。

「我會慢慢划回來。」爺爺回答。他平常都很開朗，可是這次我覺得他有點嚴肅，似乎不太想聊天。

我坐到木頭上，與身旁的他說：

「我不明白，阿納絲塔夏是用什麼方式保存這麼多的訊息？她怎麼記得以前的事情，怎麼知道我們現代生活發生的一切？她都住在泰加林裡，因花兒、陽光和小動物而開心，似乎沒在思考任何事情。」

「要思考什麼？」祖父回答，「她是用感受的，感受訊息。當她需要時，就會擷取所需的訊息。所有問題的解答都在我們周圍的空間裡，只要知道如何接收、表達出這些訊息。」

「要怎麼做？」

「怎麼做呀……假設你走在你熟知的城市中，腦中思考自己的事情，這時突然有個路人走了過來，問你某個地方怎麼走，你可以回答嗎？」

「可以。」

「你看，一切就是這麼簡單。你原本還在想自己的事情，這時有個完全不相干的問題出現，可是你還是能回答。答案就在你的體內。」

「但這只是在問路，如果路人是問，我們所在的這座城市，好比說我們碰面的一千年前發生了什麼事，沒有人可以回答的。」

「懶惰的人是做不到的。從人被創造的那一刻起，所有的一切都留在每個人的體內和四周。還是先上船吧，該離開了。」

老人家坐到船槳旁邊。當我們離岸邊約一公里遠時，原本沉默的他開口說：

「試著別讓自己陷入這些訊息和思考中，弗拉狄米爾。你要自己決定什麼才是真的，靠自己同等地感受物質和無形的東西。」

「為什麼您要和我說這些？我不明白。」

「因為你開始在挖掘這些訊息，用理智來判斷了。但用理智是辦不到的，理智容納不下我孫女知道的訊息量，而且會讓你注意不到周遭正在發生的事。」

「我都有注意到，像是河流、小船……」

「如果你都有注意到，那為什麼不能好好地和我的孫女、你的兒子道別？」

「嗯，或許我真的沒有好好道別，我當時正在想更全面的事情。」

我離開時，的確幾乎沒有和阿納絲塔夏道別，而且一路上都在用力思考，沒有注意周遭的事物，就這樣一直到了河邊。我告訴爺爺：

「阿納絲塔夏也在想別的事情，思考更全面的事情，不需要多愁善感的場面。」

「阿納絲塔夏感受得到所有的存在層面，她不會為了感受其中一個而犧牲另一個。」

「所以呢？」

「從你的背包拿出望遠鏡，看看我們離開岸邊的那棵樹吧。」

我用望遠鏡望向岸邊的那顆樹，發現阿納絲塔夏手裡抱著兒子站在樹下。她彎曲的手臂上掛著一捆東西。她抱著兒子對著隨河水遠去的小船揮手，我也對著她揮手。

「看來我的孫女抱著兒子一直跟著你，在等你結束思考後可以想起兒子和她。她還為你收集了一捆東西，可是對你而言，從她那邊得到的訊息似乎比較重要。

「精神上的、物質上的，一切都必須同等地感受，如此才能在生命中用雙腳穩穩地站著。如果讓其中一個凌駕於另一個之上，就會像是跛了腳一般。」

老人家心平氣和地說出這段話，同時雙手熟練地划著槳。

我試著大聲回覆，一方面是對他說，同時也是對我自己說：

「現在最重要的是我要明白……要弄清楚！我們到底是誰？我們身在何處？」

34 格連吉克的異常現象

親愛的讀者，我在書裡所寫的所有內容，都是我從阿納絲塔夏那兒聽來，以及我的親眼所見和親身經歷。我描寫的所有事情都確實發生在我的生活中，而且特別是在前幾本書中，我描寫時提到的地址都是真的，姓名也不是虛構的。但我後來很後悔這麼做，因為他們越來越常被一些好奇的人士打擾。

有關我和阿納絲塔夏的各種謠言、事件和現象成了很大的問題，而別人對這些事件的另類詮釋，以及從中得出的獨特結論也讓我相當困擾。不是所有的見解我都能認同。舉例來說，我反對膜拜石墓，我認為我們可以也必須帶著敬意與石墓溝通，但不是去膜拜它們。

阿納絲塔夏的讀者有各種宗教、精神信仰，教育程度也不同。我認為任何人對事件的詮釋都值得重視，每個人都有發表意見的權利，但應該加上「純屬個人意見、個人想法」這句話。此外，當然不要把所有的事情一律抹上神秘的色彩，包括我和阿納絲塔夏，否則真的有可能把她從一個人（雖然也不太尋常），變成一個不正常的存在。或許說，她其實才是正常的人，不正常的是我們呢？你看，連我都開始說教了，但這也是因為有幾個情況讓我很困擾。

最近有個謠言如閃電般傳開，是關於和阿納絲塔夏溝通的那顆光球。親愛的讀者，你們還記得在前幾本書中寫到，這顆光球是如何在危急的情況之下，出現在阿納絲塔夏的身邊嗎？當小阿納絲塔夏在父母的墳上哭泣時，光球第一次是如何出現，並且教她開始走路的？如何在她遭受攻擊時保護她？當爺爺問她「妳叫它什麼」時，她回答了：「叫它『好』」。

她的確可以和它溝通，但她並非完全瞭解那是什麼自然現象。為什麼我突然提起這個憑空出現的光球呢？這是因為有一些目擊者說，他們看到這顆光球出現在格連吉克的上空，造成了不小的騷動。有心人士開始謠傳，阿納絲塔夏可能會利用這顆光球，來炸掉任何她不喜歡的人；說她不只是和光明力量溝通，還會與黑暗力量有勾結。現在連讀者自己都在火上加油，圖阿普謝有人要我把這顆光球送到索契的市政廳，好讓他們和格連吉克一樣都能看到。

親愛的讀者，我現在要試著描述格連吉克真正的情況，請各位冷靜且理性地閱讀。

格連吉克有個地方的非營利組織，當時正在籌辦讀者見面會，而主事者與市政府之間，委實有點緊張。況且我還在第二集中對舊市府的高層頗有微詞。在這樣的背景下……自然會有這樣的流言傳開：

就在讀者見面會的前一天下午，也就是一九九九年九月十七日，城裡颳起了一陣風，並下起暴風雨。市政廳前的小廣場上突然出現了一顆光球。根據目前的傳言，它之後的動作與阿納絲塔夏的光球非常類似。

格連吉克上空出現的光球，避開了四周建築物上的避雷針，與廣場中央的大樹有所接觸。光球接著射出數個較小的光球（或者說光線），其中一個飛進了市長辦公室，在眾目睽睽之下，繞了辦公室一圈後才飛出去。

第二個光球飛進了副市長嘉琳娜．尼古拉耶芙娜的辦公室，在空中盤旋了一陣子後飛到窗戶旁，在玻璃上畫下至今仍清除不掉的怪異符號，然後就飛走了。

接著流言四起，謠傳格連吉克的政府因此變得「聖潔」或受到啟發而開悟。有些人認為，正是因為這次的光球事件，政府才決定善待前來的讀者、修繕城市近郊的石墓、舉辦一年一度的靈性歌曲創作節，還有其他很多政府本來不願意做的事情。

謠傳這次事件的人深信，格連吉克出現的正是阿納絲塔夏的光球。我試圖辯解那是球狀閃電，它的行為和書中描寫的類似純粹是個巧合，市政府無論如何都會做出某些決定的。但是沒有用，馬上就有人辯稱：「世界上沒有巧合，況且這不是單一事件，而是一連串地發生。」他們表示：「當巧合一個接一個發生時，就可以稱為常態了。」

說這種巧合一連串地發生，當然也不無道理，至少到目前為止，仍然無法解釋光球是如何避開避雷針的。為什麼它在接觸廣場上的大樹，並在上方燃燒及發出巨響時，沒有造成任何破壞，而是直接往市政廳的窗戶飛去？為什麼飛進去的幾間辦公室，正好都有權力決定有關讀者前往城市的政策？為什麼市政府在光球造訪後，立刻就以正面的態度解決很多的問題？為什麼在這顆光球出現後，市議會的議長就決定歡迎讀者見面會的舉行呢？這些巧合實在不勝枚舉。

還有一個謠言說道，格連吉克市長和整個行政機關的變化，會使這座城市繁榮起來，就像阿納絲塔夏所講的那樣：「比耶路撒冷和羅馬還富有」。有些人則認為光球讓大家心生恐懼。

我抵達格連吉克時，和市長與副市長見了面。我看到光球在玻璃上畫下的符號，並且觸摸了一下。我在辦公室聞到一種不尋常的味道，像是薰香或硫磺，但是沒有感受到任何的恐懼。相反地，像副市長嘉琳娜・尼古拉耶芙娜，就變得比以前開朗。她還告訴我所有事情是怎麼發生的，並問我：「您覺得這是某種徵兆嗎？」

總而言之，我認為那只是一般的球型閃電，可是大家並不接受，反而責怪我故意把事情簡化。

我不否認自己的確想把事情簡化，而且不只這件事而已。為什麼？因為我聽過，有一些宗教領袖會用自己對阿納絲塔夏特殊能力的看法來嚇唬群眾，宣稱這些能力不是來自於神，而且阿納絲塔夏不是人類。他們還在宗教刊物中撰寫相關的文章。我可以想像，在格連吉克出現光球之後，他們現在會如何把事實誇大。

我不打算反駁或證明光球與阿納絲塔夏之間的關聯，因為這已經沒有意義了，現在每個人都堅持己見。我只想向各位親愛的讀者論證一下，格連吉克出現的光球可能代表何種力量的顯現。

聖經裡說道：「憑著他們的果子，就可以認出他們來。」那麼這個果子是什麼？首先，光球對市政大樓沒有造成任何破壞，甚至被光球畫上符號的玻璃也沒有破掉；辦公室殘留的味道沒有造成什麼不好的感受，辦公室的主人嘉琳娜・尼古拉耶芙娜在與我們四個人交談時，我們沒有人在她身上感受到恐懼；光球在廣場大樹的上方轟隆作響，冒出熊熊的火焰，有人說大樹看起來好像著火了，但它現在仍健健康康地活著；市政府針對外地來的讀者，頒布改善文化服務的命令，並決議定期舉辦導覽，參觀阿納絲塔夏所說的石墓。我並沒有看到任何負面的後果，所以就此而言，結的果子是正面的。

阿納絲塔夏曾說，光球是完全獨立行動的，無法對它下達指令，只能用請求的方式。

我在書中都盡可能一五一十地，描述我親眼所見、親身經歷和親耳所聞的情況。至於格連吉克的光球事件，每個人都可以提出自己的說法，但我不希望有人利用這次的事件來嚇人。

況且，如果繼續這樣下去，就連稀鬆平常的小事，都可能被弄得很神秘。現在已經有人開始謠傳，這個光球幫助了我在格連吉克見面會上的演講。但事實並非如此，我與它一點關係都沒有。而這種謠言少不了媒體的推波助瀾。

備受推崇的《星火》雜誌（*Ogonyok*）曾刊出一篇長文，作者寫道：「我國正進行著一場規模浩大的實驗。」這篇文章的作者特別提到我：「他在台上足足講了八小時，我從未見過像他這樣的演說家。」之後還有另一份報紙補充：「而且他看起來還是生龍活虎的樣子。」

委婉來說，這些描述都是誇大不實的。

第一，我在見面會上並沒有講到八小時，只有六小時而已，多出的兩小時是從第二天的演講加上去的。

至於我受到幫助，這確有其事，但也沒有什麼神祕可言。

在格連吉克見面會的前夕，阿納絲塔夏曾來找過我，告訴我晚上要好好睡覺。她從泰加林帶了某種濃茶，給我在睡覺之前喝。我答應了她，因為我在那段期間真的都睡不久。後來當我上床時，她坐在我的旁邊，像她在泰加林裡有幾次那樣地握著我的手（我在〈碰觸天堂〉一章中提過）。睡著時，我彷彿飛到了某個地方。每當她在泰加林裡這樣做的時候，我都會感到非常地平靜。

早上起床時，窗外一片美景。我感覺棒透了，心情也非常愉悅。

早餐時，阿納絲塔夏只給我喝雪松奶。她說最好不要吃肉，因為消化會耗掉很多能量。我在喝完雪松奶後，也不想吃肉了。我每次喝完雪松奶後，都不會想吃任何東西。

當我在見面會上演講時，阿納絲塔夏沒有在我旁邊，她只是靜靜地站在讀者當中，一陣子後就離開不見了。

但在出現文章和謠言，將我在見面會上的演講蒙上神秘面紗之後，我也不禁懷疑，阿納絲塔夏是否真的用了某種方法幫助我，所以我問她：

「阿納絲塔夏，難道妳完全忘了，至少在演講的尾聲時，我應該要看起來很累嗎？妳為什麼要讓大家胡亂猜疑呢？」

她大笑後回答我：

「一個有好好休息的人，帶著好心情和朋友聊天，這有什麼好起疑心的呢？至於你講太久的情況，那是因為你的思緒很混亂，想要一次涵蓋很多個主題。是可以把句子講得更簡單清楚的，但是你辦不到……也是因為你的鞋子太緊了，把腳勒得緊緊的，血液難以在血管裡循環。」

看吧，事實上一切就是這麼簡單，我的演講沒有什麼好神祕的。

＊＊＊

親愛的讀者！你們有越來越多的人來信問我，為什麼我和阿納絲塔夏基金會都不回應媒體批評的文章，又說我和所有讀者搞派別等這些侮辱和指控。親愛的讀者，這是在浪費時間，為何要回應那些專門造謠生非的人呢？

十一月時，有位記者（他叫做……我就不說出全名了，免得他在歷史上留名）居然同時在五家媒體中，刊出標題不同但內容相同的文章。他只是把標題改一改，內文的幾個句子順序換一下，再以不同的名字署名。想當然耳，他是在抨擊我的倫理道德和我的市儈心態。我想不久後，幾位編輯就會自行找他處理了。我知道編輯有多不喜歡這種行為，這有違新聞界的職業道德。畢竟，每家媒體都以為那是獨家，才支付他稿費的。所以何必要與他爭辯呢？說不定這個人只是想求個溫飽。至於他的謾罵和謊言，我想那並不會纏上阿納絲塔夏，反倒是會回到他自己的身上。

阿納絲塔夏已經成為熱門的話題，自然會有多家媒體試圖利用她來增加銷量。畢竟，各位親愛的讀者，你們已經超過一百萬人了。你們想看看，如果我在訂閱量五萬份的小報上發起論戰，你們自然會想要買來讀一讀，這樣他們的銷量就會大增。所以沒有必要和他們爭論，你們自己清楚，自己是不是在搞派別就好了。

如果有出版品侮辱了你，最好的回應就是拒絕訂閱。

至於我這邊，我只會透過自己的書和你們溝通，所以我想在此試著回答一些問題。

第一，我目前沒有在做任何生意，只有在寫作。我不屬於任何宗教團體，只是想以自己的方式瞭解我們的生活。然而，針對我和阿納絲塔夏的批評和造謠可能仍會有增無減，似乎很多人認為阿納絲塔夏阻礙了他們。

他們遲早會自曝其短的，不過現在清楚的是，阿納絲塔夏這個西伯利亞女子，對一些宗教團體，以及一些國內外的工業金融龍頭造成了威脅。

正是他們不斷地透過媒體，來大肆渲染某些問題，像是：「阿納絲塔夏是否存在」、「這個米格烈是誰」。他們還會自問自答：「她不存在」、「米格烈不過是個市儈的企業家」。事實上，他們比誰都還清楚，阿納絲塔夏是否真的存在。

但他們需要不擇手段地讓民眾遠離訊息的核心，想盡一切辦法來切斷訊息的來源。他們試圖控制訊息的傳播，如果做不到，就要毀掉它。

他們似乎比我們更擅長，且更快地評斷阿納絲塔夏所給的訊息。他們甚至會嘲笑那些質疑阿納絲塔夏真實性的人。你們自己想想看，難道廣播電台的聽眾，會去懷疑電台存不存在嗎？當那些看似聰明的人，陷入「存不存在」的問題漩渦時，伊爾庫次克、托木斯克、新西伯利亞洲早就有大量的雪松子買賣和出口，並以此換取外匯了。根據新西伯利亞和托木斯克的報告，這些都是由中國的代理商經手。一九九九年是許多地區雪松子盛產的一年，但是新西伯利亞藥廠的雪松油產量並沒有增加。雪松子供不應求。雪松子被西方拿來做成昂貴的藥物，他們還處心積慮地隱瞞藥物的主要成分。

親愛的讀者，還記得我在第一本書中，曾提到雪松子是怎麼被運到國外的嗎？當我試圖尋找雪松油的資訊時，卻收到波蘭那邊的警告：「這個問題最好不要再追究了」。他們今年還是順利地把持一切，至於未來嘛……等著看吧，我會在下一本書談到阿納絲塔夏準備了什麼驚喜。

我是個企業家，我原本只想把答應過的書寫完後就回去做生意，而且我也從不隱瞞自己的想法，甚至早在第二本書中就提過了。但我現在改變心意了，就讓其他的西伯利亞企業家，與西方的那些聰明人去競爭吧。

我之所以改變心意，是因為那些批評的媒體持續地侮辱並恐嚇我的讀者，將他們稱為一群搞派別的人，認為我的書愚蠢至極且毫無文學價值。當然，我沒有受過高等教育，也沒有文學創作的經驗，但那些兩者皆有的人卻因為我寫的書大賣而惱羞成怒。他們特別氣憤的是，像我這種教育程度的人，仍然堅持不把稿子給編輯看。我出版了五百頁的《俄羅斯靈魂在阿納絲塔夏的光線中鳴響歌唱》，更是讓他們氣得咬牙切齒。這本選集收錄的讀者來信和詩歌，我同樣也沒有讓任何人編輯。我在書中自己寫序，提到這是一本具有歷史意義的書籍，而我到現在仍然這麼認為。如果有選集收錄了討論生命、人類使命、現代人願望的信，怎麼可能還會有別的評價呢？這些信件和詩歌都很真誠，來自不同年齡層、社會階級和宗教信仰的讀者。而且這本選集非常暢銷，打破了現代人只愛偵探小說或情色書刊的迷思。大眾已經準備好讀詩，即使寫得不是那麼專業，但都出自一片真誠。

已經有不少人告誡過我：「你挑戰了整個寫作圈和我們的教育，所以他們才要狠狠地修理你，不讓你在任何時候受到任何人的認可。」

但我無意以作家的身分挑戰任何人，我從來沒有這樣想過。然而，當他們訴諸於媒體，把書籍的暢銷歸因於「俄羅斯就是個愚蠢的國家」，將我的所有讀者視為笨蛋、異教徒時，我就不得不回應他們了。我要成為作家！我還需要一點訓練和學習，並向阿納絲塔夏尋求協助，然後成為作家！我要寫新書，並把已經發行的書，交給世界各地最好的出版商重新出版。我要把有關阿納絲塔夏、現代俄國人的書，變成我們這個千禧年中最棒的書。

我會用以上的方式回應現在及未來的批評。至於現在，我要對他們說：

各位批評者，再見！我要和阿納絲塔夏一同離你們而去，雖然她有那麼一點天真，但她美麗、善良又真誠。我們要與超過一百萬名的讀者，內心帶著受到啟發的美好意象，一起邁向新的千禧年。而你們批評者的內心有什麼？呸……別爬進我們的千禧年，你們該去的……是你們自己的年代。即使你們爬進了我們的千禧年，依舊會被自己的憤恨和嫉妒壓得喘不過氣。在我們的千禧年中，會開始有美好的創造，會有乾淨的空氣、具有生命的水和香氣襲人的花園。而且我要繼續出版新的讀者詩歌和信件選集，我要將這個系列稱為「眾人的書」。你們會說裡面的詩很糟，但我說它們很美。

我也要為吟遊歌者所寫關於靈魂、俄羅斯和阿納絲塔夏的歌曲發行錄音帶。你們會說任何人都可以拿吉他亂彈，但我說他們是用靈魂在唱歌。最後我要用阿納絲塔夏的話說：「**銀河中沒有任何一條弦，能夠發出比人類靈魂之歌更好的聲音了**」。

親愛的讀者，在此恭喜各位邁入我們新的千禧年！也恭喜你們，在地球上的美好創造即將開始！

《我們到底是誰？》是我下一本書想取的書名。

敬此

未完待續……

弗拉狄米爾・米格烈

弗拉狄米爾・米格烈致各位讀者

目前網路上有許多網頁內容，主要在宣揚與《鳴響雪松》系列主角阿納絲塔夏類似的思想。其中不少網站冒用我的姓名「弗拉狄米爾・米格烈」（Vladimir Megre），聲稱自己是官方網站，並以我的名義回覆讀者來信。

就此我認為有必要告知各位敬愛的讀者，我決定自己設立國際官方網站www.vmegre.com。這是唯一的官方窗口，負責接收來自世界各地、不同語言地區的讀者來信。只要您訂閱此網站內容，並註冊為會員，就能收到日後舉行讀者見面會的日期與地點，以及其他相關訊息。

我們網站將為各位敬愛的讀者統一發佈《鳴響雪松》在世界各地的最新消息。

弗拉狄米爾・米格烈敬上

鳴響雪松4　Сотворение

共同的創造

作者　弗拉狄米爾・米格烈（Vladimir Megre）
譯者　王上豪
編輯　郭紋汎
封面設計　斐類設計
校對　郭紋汎、戴綺薇
排版　李秀菊

出版發行　拾光雪松出版有限公司
網址　www.CedarRay.com
書籍訂購請洽　office@cedarray.com

總經銷　紅螞蟻圖書有限公司
地址　台北市114內湖區舊宗路2段121巷19號
電話　02-27953656

初版一刷　2016年12月
初版四刷　2021年 4 月
定價　350元

原著書名　Сотворение
弗拉狄米爾・米格烈1999年於俄羅斯初版
網址　www.vmegre.com
郵政信箱　630121俄羅斯新西伯利亞郵政信箱44
電話　+7 (913) 383 0575 (WhatsApp, Viber)
電子郵件　ringingcedars@megre.ru
生態導覽與產品　www.megrellc.com

國家圖書館出版品預行編目資料

共同的創造／弗拉狄米爾・米格烈（Vladimir Megre）
著；王上豪譯. -- 初版一刷 -- 高雄市：拾光雪松, 2016.12
面；12.8×19公分. --（鳴響雪松；4）
ISBN 978-986-90847-4-1（平裝）

880.57　　105023087